Statt etwas oder Der letzte Rank

逃之夭夭

Martin Walser

［德］马丁·瓦尔泽 著
黄燎宇 译

浙江文艺出版社
Zhejiang Literature & Art Publishing House

目　录

逃之夭夭

1

我的日子有点太美了。自从脑子里冒出这个句子之后，我对理论就失去了兴趣。凡是让我上瘾的事情，我都轻松避开。我处于这样一种状态：我发现自己对一切繁琐之物也失去兴趣。我自己走到了这一步。我相信如此。没有什么事情我是一清二楚的。好在我已偃旗息鼓，不再刨根问底。莫里哀的剧本是反耶稣会的，一位知名的教授说道。一位不太知名的教授随后说：莫里哀反对的不是耶稣会，而是詹森教派。这个我没注意到，也不知道。刨根问底，这是你面临的最大诱惑。你一刨根问底，外界就在你心中安营扎寨。你不再是你自己，而是一个刨根问底的人。发号施令的，是各种理论，每一种理论都带来独一无二的救世许诺。渐渐地，这些引诱人的理论烟花全都烟消云散。

一不留神做了这番坦白，我自觉勇猛无畏。一不留神做的事情可以称为勇猛之举吗？

即便我不再对理论感兴趣，我还是可以说：理论很了不起。一套理论，这是一座建筑，里面有很多房间，每个房间都亮着灯。每个房间都有一个人在跳舞，舞者就是那个构想并且构建这一切的人。创造理论的，我不会称之为理论家。他跳舞，目的就是让人观看。尽管他的每一套理论都在证明什么，但他最想证明的是他自己。每一套理论都不得不假装在说我。假装为我好。如果有一种理论承认它说的是它自己，我可能会重新对它产生兴趣。物以类聚。如果我想轻松来事，我就直接说：理论是为第一语言发明的第二语言。在第一语言中，一切都油然而生。第二语言负责鉴别真假，由此对生命进行限制。真理成为一个行业！理论就是行业标志。

这不是我观察的结果，更不是我记录的结果。我只是过后很久才恍然大悟，觉得这好像是一个润物细无声、令人难以察觉的过程。我突然发现自己的生活不同于从前。

突然间，我不再反对奇迹。这不是时刻都能产生的一种感觉。我没有等待奇迹。但是我可以对每一个奇迹表示欢迎。这是一种非常清晰的感觉。但另一种感觉同样清晰：我没有等待奇迹。如果我无法相信自己,我就顺着陡峭的山腰往下滑,我是最糟糕的吸引力的对象。人们把这种吸引力称为渴望。这时我听见自己说:做做梦就够了。

这就是我越来越频繁地听到自己念叨的句子。做做梦就够了。

我的日子有点太美了。

我还需要句子,这不是好事。我本应追求无言状态。追求沉默。以免继续唠叨。而且我听见自己在说:宛若浮云,远在天边。

沉默不语是我的夙愿,但我成天把这类句子挂在嘴上,所以只能万事成蹉跎。

宛若浮云,远在天边。

感觉这是人间仙境。我是这种感觉。

不过,一旦我的某个想法企图变成戒律或者愿望,我那受过必然性的教育或者训练的本性就会做出反应:做做梦就够了。

宛若浮云,远在天边。

我不想假装高居云端,俯瞰熙来攘往的利益。但我清楚地看到,当下面的利益为我斗得不可开交的时候,我已经遥不可及。我随后还必须承认:我的日子太美了。

如果有人要据此对我进行谴责,系统将自行调整为:做做梦就够了。这个系统就是我。但我随后就吸气。深呼吸。呼吸。

我一直避免承认自己在呼吸。这意思很明显,我想保持神秘莫测。我进退两难。一面无法保持沉默,一面想保持神秘。不想惹人注意。果真如此,我就和所有的理论一样,是一种虚假的吸引力。

2

我不气馁。不知道这算优点还是缺点。

我的希望太多,已非我所愿。

我的下一个座右铭还是:我的希望之多,已非我所愿。

我无法把自己揉成一团,就像一张可以扔掉的纸。即便我清清楚楚地看见自己是一张没有写字的白纸,我心里依然想:我是一张还没有写上字的纸。

这是我迄今为止最莫名其妙的自白,因为它泄了密,现在谁都知道我相信还有事情会发生。所以,这一告白可以跟世界上所有谣言媲美。

如果能够去掉“还”字,我的谎言就不会如此扎眼。这个“还”字是汽车轮胎中的气体,而我就是车身。如果没有这“还”

字,硬邦邦的地面就成为我的减震。“还”字具有乌托邦特征。乌托邦则是最大的谎言。“还”字使我成为说谎者。它强迫我承认自己是一个说谎者。

我的日子有点太美了。

做做梦就够了。

宛若浮云,远在天边。

我的希望太多,已非我所愿。

现在来一个最最真诚的告白:自从我不再有或者不再想有乌托邦,我就无待于外。

我望着一堵光溜的白墙发呆,我的内心很充实。过去我总是若有所失。现在我无所期待。我谈不上幸福,也谈不上不幸福。幸福还是不幸,这已是别人强迫你做的区分!我现在是既非-也非原则最生动的体现。

时间也一样。它总是过得太快或者太慢。总是来得太早或者太晚。时间,分散注意力的头号元素。它总是妨碍我的生活。换一个哲学词汇:妨碍我的存在。有时我很乐意说:我存在。存在是一个外来词,外来词给人的好处,在于让人不求甚解。糟糕的只是它的高大上。它只是一个背景,或是一幢建筑,或是一个陷阱。存在,一种错觉,仿佛有事情正在发生。最典型的错觉。

3

一堵光溜的白墙。我最后的依赖。一闭上眼，我感觉不爽。一睁开眼，看着这光溜的白墙，我又感觉爽快。我承认，晚上天一黑，我就看不清自己的样子了。如果打开灯，望着白墙，我立刻重新现身。但这种感觉萦绕在我的心头，我把自己在场的感觉归功于开灯这一事实。睁眼躺在黑暗之中，却不等待再次开灯，这个我做不到。睁眼躺在黑暗之中，同时什么也看不见，这一定有可能。可能与不可能都来毛遂自荐。又是一个不存在的差别。这是理论家们干的事情。他们的理论制造差别，结果，我们对各种理论亦步亦趋，与生活擦肩而过。

我必须练习睁着眼睛躺在黑暗之中。我一睁眼就想咳嗽。而且无法通过呼吸制止咳嗽。我不得不咳嗽。

我咳嗽,所以我存在。

我的日子有点太美了。

做做梦就够了。

宛若浮云,远在天边。

我的希望太多,非我所愿。

到了夜里这常常就不管用了。别人因为我饱受煎熬。我必须……接着说,必须什么?我必须赤着脚往北极跑。再跑回来。然后呢?然后问题就解决了。非常肯定。但只能在回来之后。你在自虐中不断刹车;你最后戛然而止,因为你担心局势失控。

4

我没收到任何礼物。我勤学苦练,使自己听不见呼救的声音,或者说假装听不见。既然你无能为力,你只好充耳不闻,不管这呼救声来自非洲或者别的什么地方。我可以说,我发明了一种方法,这种方法值得推广,并且以我命名。只要听见呼救声,我自己就马上呼救。假如有人赶来施救,事情就尴尬了。幸好没出过这样的事情。每当从某个方向传来呼救声,我都必须根据对方的音量发出更大的呼救声。我就这样一次次地化险为夷。我听到的呼救声则是越来越急切,越来越凄惨。如果不是听到头两声呼救就马上采取行动,我的声音就不可能压过它。来自非洲的呼救声最难压制。但是熟能生巧。可以将它们全部盖住。

5

我劝你吃撑。劝你喝醉。劝你烟一根接一根地抽，心里想着这是自我惩罚。我劝你：走到哪儿烦到哪儿。大声地、没完没了地谈论自己。直到他们打断你。别让他们打断你。告诉他们，只要别人因为你日子难熬，你就无可救药。

我恨得咬牙切齿。我拼命数落自己，咒骂自己，不由自主地可怜自己。每次都有证人在场。我还说，拼命咒骂自己是一个花招，目的在于拯救自己。你表现出来的样子不可能是你的真实样子，一个人哪能如此低劣，哪能跟罪犯一样自私！哪能邪恶到令人怜悯。邪恶到丑陋不堪。邪恶到令人厌恶。邪恶到产生拯救效果。

最后，听你讲话的人全都为你鼓掌。你吐了一口唾沫。但吐到手绢里。你说：人对自己宽容是没有限度的。说完，你继续在自我咒骂中狂欢。他们给你香槟酒喝。他们为你干杯。你问自己：你穿的大衣属于谁？谁代你受冻？然后你对自己不会仇恨表示遗憾。与其说你粗声大气，不如说你轻言细语地表示遗憾。你从母亲那里学会的，只有爱。现在需要的是恨。仇恨自己的能力。你恰恰没有这个能力。根据你引起的反应判断，假如你做到恨自己，你就可以得到拯救。但是你只剩下爱。对自己的爱。必须爱你这样一个人，哪有比这更可怕的事情。然后，你只能窃窃私语：见鬼去吧。说完，你再次朝着手绢狠狠地吐了一口唾沫。掌声。

周围的人都在热烈讨论，就像刚刚在剧院里看了一场演出。

我的日子有点太美了。

6

我已承认自己无法停止呼吸。但是我每天进行三次肌肉训练,同时训练心、肺,等等。这个每天训练三次的人让我奈何不得。锻炼计划来自早前。我当时还没无话可说。锻炼计划在我脑子里一劳永逸地扎下根。别管极限！你尽管往山坡上跑！你将获得你没有的力量！超越自我,甩下自我,战胜自我,这是一种享受。既是胜者,又是败者,这是什么感觉！这是生活本身。

锻炼是一项强制计划,我很乐意服从。昧着良知。

我成功地坐到钢琴前面,让我的双手弹奏贝多芬的《悲怆》。弹得娴熟而细腻。我听到的,却是沉闷的声音。

生活是一座五星级酒店。幸好。

我的日子有点太美了。

做做梦就够了。

宛若浮云,远在天边。

我的希望太多,非我所愿。

我咳嗽,所以我存在。

7

百感交集。我不会往外说。我答应了他们。他们威胁说，如果我往外说，下回他们对我会更狠。迄今为止，他们的确一次比一次凶狠。而且是在我守口如瓶的情况下。因此，这是一个空洞的恐吓。既然我没往外说他们对我也是一次比一次凶狠，那么，即便我往外说了，情况也不可能变得更糟。尽管如此，他们还是把我唬住了，虽然从逻辑上推理，这是空洞的威胁。我没往外说。但他们可能以一种还无法想象的粗暴方式对待我，而且振振有词，说这是我把事情往外说造成的后果。所以，我没往外说。这就是我的处境。

我必须做好心理准备，他们会随时过来，然后以这种或者那种方式对待我，以防我把事情往外说。

他们显然没有真正的思考能力。他们显然觉得对我的迫害非同一般,如果我把事情往外说,鬼知道他们会遭到什么报应。

如果他们有思考能力,他们完全可以高枕无忧。我根本不可能把事情往外说,说了也没人信。他们对我做的事情,法治国家不知如何定性。他们对我做的事情,资产阶级社会找不到合适的语言来形容,也没有相应的法律条款或者类似条款。既没出台禁令,也没颁发许可。他们对我做的事情,不好说应该定义为控诉还是起诉。偌若必须二选一,那与其说是起诉,不如说是控诉。但没有任何机构免责控诉。

所以,他们真的不必害怕我往外说。他们威胁说,如果我往外说,我的下场更惨。他们说这话,无非想吓唬我。

我开始把自己遭遇的一切写下来。我在写作中发现自己身处一个圆形的监狱。这是对某种意识状态的形象表达。我可以运动,但是我无法在运动中前行。不管哪个方向。

停止运动是无法想象的。但我希望如此。累瘫。累瘫就好了。可惜我一点不觉得累。我等他们再来把我……这个我恰恰不能往外说。但是我可以说或者写下面这句话:被他们如此这般对待,比事后去想他们再次给我造成了什么伤害要好受一些。

但现在有一个体会:我没有把我不可以往外说的事情记下

来，但是我记录了我不可以往外说这一事实。这必然要产生某种后果，但是我不可能、也不愿意为此而放弃记录。我可是要多轻率就多轻率！我刚刚写下我在记录这个句子，词汇如冰雹一般向我砸来。本来这些词汇我是可以拒之于千里之外的。经验！恶词一个！一切所谓的高大上词汇都是恶词！一整套在争霸过程中产生的语言。下面的说法也是在书写过程中产生的：在他们走了之后；在他们再来之前。哪来的之前！哪来的之后！这类语言从何而来，连这个问题我都不感兴趣。一件事情，如果之前发生与之后发生迥然有别，我就没法在这个世界存在。仿佛在之后和下一个之前之间存在某种可以命名的东西。或者应该命名的东西。又是一阵劈头盖脸：时间！何不马上又来：过程！我最不情愿做的事情就是被迫计数。什么频率？仿佛事情不是连续不断地发生。如果需要用时间表达，就说：同时发生。平行发生。共时发生。

有个事情我不能往外说。我写下了这句话。

现在我改弦易辙，写一句被外面的语言称为坦白的句子：由于自身原因，我所遭遇的事情不能往外说。

我不由自主地做了什么事情？我也是受常见的表达习俗左右的奴隶，我偷梁换柱，把自己遭遇的事情变成了人物形象。我现在被迫承认，作为来访者出现那些人，都是我的创造物。我有所企图。我想以此避免把我所遭遇的事情往外说。

只有一个人不得不阻止我把自己遭遇的事情往外说，这就是我本人。为了抵御诱惑，不把事情往外说，我求助想象和幻想，无所不用其极。我成功了。迄今是成功的。我可以这么说。

我面临一种强制，非把自己的遭遇往外说不可。在屈服这一强制之前，我保持沉默。外部世界渴望获悉我的遭遇，但我不会让他们得逞。同时我清楚地感觉到，稍不留神语言就会把我引入俗套。我，绝对不让外界得逞！怎么可能！

我把话做点修改：有点遭遇，你就想往外说。你又不好意思往外说。你的羞怯请你保持沉默。我太乐意接受这一邀请。又多了一个沉默不语者！我没想到自己走到这一步。

说到外部世界，我把话说得再直白点：学者们连篇累牍地制造意义，反对沉默不语。当权者则为他们付钱、包装，并乐在其中。有时我产生一种感觉，仿佛这些创造意义的饱学之士专事拉着我们听其倾诉，就是说，阻止我们沉默不语。我可以对天发誓：我们，沉默者，我们不构成危险，不对人恐吓，不做这类勾当。我们只是幻想自己已经逃之夭夭。我说的是我自己。

我常常大声宣告：我已逃之夭夭！但愿没人相信我。

我一次又一次的逃遁尝试：主观臆想！我一次又一次的自救运动：纯粹的诗歌。

8

还有一个感受。（坦白内心适合用第三人称。）他不懂得礼尚往来。他只想别人接纳他，优待他。他不想给予，只想索取。所有人都应该成为他的父母。所有人都应该成为他的母亲。众人你争我抢，都想获得做其母亲的权利。

他害怕自己的对手，因为对手比他强：人家操心该操心的事情，做应该做的事情（政治领域，生态领域，总之热心于一切好事）。他却相反。他自私，扭曲，他一味地逢迎趋合，因为他胆小，软弱，有谄媚倾向。无论走到哪，都有人向他讲述对手的英勇故事。这对他不是坏事。他心想，做勇者肯定很划算。他心里随之蠢蠢欲动，他想勇敢一回。但他马上吓得双腿发软。他很清楚，如果自己鼓起勇气，结局是什么。丢人现眼。甚至是毁灭。他会原形毕露,有人或者所有人都会上手打他。他没法想象其他场景。你吊在一根线上,他们不让你咬断这根线。他们用意义做胶水,把你粘贴到生活上面。把呐喊升华,使其变成笑声,这是他们的教导。做孺子可教状,这很划算!随时装样!有朝一日,你想呕吐的时候,嘴里就会吐出珍珠!把你吐出的珍珠视为真正的珍珠,你是第一人。

因为他不敢讲述自己的事情,他就变换讲述方式,仿佛自己讲的是一个熟人的事情。人们对他这位熟人大加挞伐:神经病,等等。这下他明白,如果他承认说的是他自己,会有什么好下场。或者这是一种自动反应:人们很高兴有机会对人进行批判,而如果批判对象不在场,批判起来就更容易。

他怕考试。他坚信,不管什么考试自己都通不过。考试必然要考出他的缺陷。从某种程度上讲,考试的目的就是考出他的缺陷。向来如此。考试还有别的名称,但这只是为了掩盖事实。

他当然也想到了精神病医生。只要我们有一种不同寻常、也不可控制的感觉,我们就会想到精神病医生。严肃的事情他不会去找精神病医生说。他清楚地感觉到,他的情绪总是非常奇特,不管它采取何种表现形式,不管是激烈的还是咄咄逼人的还是狂野的还是桀骜不驯的。这使他不可能跟第二个人谈论自己的情绪。无法跟他妻子谈,更不能找精神病医生谈。你虽然想起精神病医生,但只要你想起精神病医生,你就知道,这件事情你宁愿死去也不会去找另外一个人谈论。

他同时感觉自己噙满泪水,泪水即将夺眶而出。有时他只能一动不动,否则他会落泪。落泪不仅使人难堪,人们还会问他为什么落泪。

他在政治上很不成熟,一度投奔极端主义者,还想入非非。不做深入思考。他的对手却是那么地理性。

他醒来了,坐在床上,等着。他们没来。脚步声,等等。怎么还不来!楼道里响起脚步声,重重的敲门声,不等他说“请进”就打开门。他们敲门,只是为了避免他因为意外和惊吓而停止心跳。他们想要活的。这是最重要的条件。生擒。就是说,越是活蹦乱跳越好,他心里想。不知道他们什么模样。他苦苦等待,不知来人什么长相,还等得呼吸急促、惴惴不安。太傻了!渐渐地,等待化为一种需求。他需要他们来。以便事情告一段落。他无比紧张,快要窒息。

他担心,凡是自己觉得害怕、但不会亲身经历的事情每时每刻都可能发生,每时每刻都可能变为现实。为什么有这种担心?现实如此,他做不了任何决定,也做不了任何解释。他只能坐在那里,发现在自己的口腔里出现地震。他的腮帮子发生震动。他的牙齿在颤抖。在这场口腔地震中,他的牙齿抖得叮咣响,仿佛就要被连根拔起。

他相信,这回终于好了。这回他知道怎么跟对手打交道。但这回恰恰失败了。虽然是以一种全新的方式。总让他猝不及防的是:如果他精心准备,以免犯上一次犯过的错误,他就会犯一个全新的错误。但随即可以看出,这个新的错误也是他的典型错误。这个错误绝非偶然。他好像有一个取之不尽的仓储,里面尽是他那些独具个人特色的错误。还有多少,每次他都这样问自己。

他犯了一个错误:他不喜欢令人生厌的人,确切说,他觉得有些人很讨厌。

他感觉自己要受到迫害,赶紧溜之大吉,离群索居。随后他听最亲近的人讲,他的对手和迫害他的人想入非非,感觉自己受到他的严重迫害。他把这称为一个有趣的变奏。

如果有什么事情没做,如果打电话没找到人,他总是很高兴。我的上帝,为了这么一件事情给某某打电话,太傻了!根据既往经验,如果有什么事情没做成,他必然心花怒放。凡是成功的事情,都对他不利。

他总是什么都说。他喋喋不休,信马由缰。他总是事后才发现自己一直说个不停。他说的事情则令人尴尬。他口无遮拦。他需要一根栏杆。他心里怎么想,嘴上就怎么说。他没大声喊出来,这已经是一个奇迹。别再说话！心里想的事情不能说。心里没想的事情他也不会说。不管他下定决心做什么事情,最后都是无果而终。他信马由缰。他只好用白纸黑字约束自己,否则他到哪儿都讨人嫌。

9

他们在我体内植入了观察者。在公共区域这叫监控探头。说他们在我体内植入这种东西,是一种形象表达。我说不出他们是谁,也说不出我如何想象安装过程。但是我成了观察对象。

无论我做什么想什么,我都受到观察及评判,无论做什么想什么,我都感觉到这点。我由此得知,我想的和我做的一切,都是我不该想不该做的一切。植入体内的权威不说我可以做什么、可以想什么,它只让我体会到我不可以做我又在做的事情,以及我不可以想我又在想的事情。如果我的思想和行为遭到否定,而我的反应总是一句做做梦就够了,那是无济于事的。关键在于:这个植入我体内的否定性权威遥不可及。它可以说是不依赖于我。

我应该觉得自己就像柏拉图笔下的苏格拉底？苏格拉底的内在声音总是告诉他不可以想什么不可以做什么。从来不正面告诫他应该做什么应该想什么。但是,被判处死刑的他在朋友来访时说过,现在梦中不断有一个声音对他说：苏格拉底,玩音乐吧。就是说,这个头号理性主义者最后应该走向艺术。

我被判处留在人生,我没有这类经历。现在我才想起苏格拉底的内在声音总是事先警告他什么事情不能做。植入我体内的声音总是在事后,总是在我有了思想或者行动之后,才告诉我这个不能做或者那个不能想。苏格拉底的日子比我好过。

我不仅放弃了行动,也放弃了思想,由此避免遭受持续不断的否定。众所周知,我望着一堵白墙发呆。我通过这种方式战胜了植入我体内的观察者,因为无论我做什么想什么,观察者都让我知道我是大错特错。我成功了,我有理由自豪。有了这些成果,我不免自鸣得意,我可以说：我的日子太美了。

10

怨气

冬天也不容易
若要与电视匹敌
尚未张嘴呼吸,我们就被统计。
谁擅自离队,谁被处理。监督者
前所未有地多。我们是美德共和国
什么好什么坏,现在有
社会学家大声告诫。

芸芸众生,我身沉重,

我开满铅质的花朵

因为死亡喜欢我

我头顶黑色的鹿角。

11

真实的对手和臆想的对手无法甄别。尽管如此，我研究二者有何不同。朋友也一样。虽然区别真实的朋友和臆想的朋友比较简单。真正的朋友离我对朋友的期望也有差距。所以，我不得不用臆想代替真正的朋友不能带来的东西。这又导致我产生一种感觉，仿佛自己没有真正的朋友。

朋友是一种想象。

识别对手很简单。我不缺真正的对手。他们毫不含糊地表明对我的态度。

还有一个差别：对手和敌人。对手不赞成我，但也不做反对我的事情。他们不把我当回事。如果有事需要他们表态，他们就摆摆手。我不值得他们表态。如果非表态不可，他们就怒气冲冲,说一些充满蔑视的话。这是对手。

敌人的面目更为清晰。他们不错过任何贬低我的机会。如果没有机会,他们就创造机会。我是他们的眼中钉。不言而喻。我的敌人为我准备了一大堆坏话,这些话他们可以随时调取。我的一举一动都会刺激我的敌人。他生够了我的气,不想再生气。他美滋滋地喝他的咖啡喝他的茶,转眼之间我又出现在他眼前,因为一个行动,一种观点,甚至是一本书。他知道,如果他对我旨在出风头的最新举动进行研究,他有生不完的气。但他还是展开研究,而且不带偏见。如果我写的东西终于给他带来快乐,他会非常快乐。这是他的原话。所以,眼看我的所作所为只能使他再度产生怒火和厌恶,他就更加地失望。我使他遭罪,为此他不得不怪罪于我。我的每一个敌人都需要通过周期性的发言来巩固对我的敌意,这是他们的精神保养手段。

对敌人而言,采取一次针对我的行动,就意味着增强一分自我意识。他是什么样,就可以怎么样,几乎没有比敌视我的行动或者言论能够让他更加清晰地感受到这点。我的日子有点太美了。对于他,世界上没有比这更加清楚的事实(我很乐意承认,这句话出自我的敌人之口)。只要我的日子有点太美了,这个世界就不是理想的世界。他的使命就是恢复秩序。不仅在我的问题上,在所有问题上他都肩负一项重任,那就是改造这个世界,使我们的世界变得秩序井然。敌人的优点,在于他有一颗保持高度警惕的责任心。他日理万机,我只是他的一个小难题。他把我视为对理想秩序的一次哪怕是无关紧要的破坏,而无须对此进行费力的论证。尽管他没有打着这种或者那种主流道德的名义出场,但他每一次出场却都是一次道德行动。他的行动不由自主地要求所有人向他学习,跟他一样行动。他释放出模范的光辉、榜样的力量,虽说是自然而然,但也不无刻意的成分。这不是某种小气的、狭隘的道德,而是一种放眼世界的要求:为了世界的未来,万事万物都应进入理想状态,尚未进入理想状态的一切,都应通过他变成一项对所有人的要求。他向人们示范什么是得体。假设人人都跟他一样,我们就不用为世界的未来操那么多心,甚至完全不用操心。

无论他谴责、批评或者咒骂什么,他总是打着普天下或者正义或者人道或者民主的名义进行。如果他做点什么可以让人蔑视的事情,我就兴高采烈。他贪财。他喜欢吹嘘自己的艳遇。但我非但没有鄙夷不屑,反倒满心的羡慕嫉妒恨。

如果我在什么地方再次暴露自己的某个缺点,他就会把我宣布为他的行动对象,他的行动则是充满责任充满担当。如果我在什么地方或者以什么方式承认自己缺乏责任意识,他就可能觉得有必要写一篇檄文教训我,或者通过绝妙的挖苦对我进行表彰。

根据我的体会,他的一举一动都充满敌意,他当然从来不让人产生这种感觉。他总是高举拨乱反正的旗帜。他嘴上不说,但总是以毋庸置疑的世界理性的名义展开行动。他责备谁,攻击乃至鞭笞谁,谁就身败名裂。他当然有对手。他的对手也很强大,可一旦被他责备、鞭笞,对手立刻就灰头土脸,给公众留下一种自己很不乐意留下的印象,他本人则保持自己乐意保持的形象。他孜孜不倦,替天行道,他的行为有一阵子被称为介入精神。

现在说说我对自己的不满。我感觉自己体内安装了一个监测器,难道这是我的敌人在过去几十年里对我实施的敌对活动逐渐固化的结果?果真如此,我就一直任由一个被视为毫无瑕疵的敌人摆布,而如果我逃避了强加给我的自我否定,我就逃出了敌人的掌心。我夜以继日地自我否定,我持续不断地进行自我否定,如果不是他,如果没有这个堪称经典的敌人,我的感觉从何而来?!

现在我冒险来个举一反三,虽然这是越俎代庖:不仅每个人都有自己的敌人,也许每个敌人都有自己的敌人。我的敌人总是显得战无不胜、技高一筹,所以他的敌人都变成他在公开场合的装饰。他周身挂满了敌人的头皮就像一个凯旋归来的印第安人。

我还想举一个说明一切的例子，以免人们产生最廉价的怀疑，怀疑我有迫害妄想症：那个作为礼物送给我的敌人不再使用电动剃须刀刮胡子。在采访中我们并未得知他不再用电动剃须刀，但他告诉我们，他现在需要抹剃须膏。我相信人人都很清楚我表达的意思。

不知谁把这个敌人当作礼物送给了我。是命运？还是偶然？还是上帝？上帝不仅有可爱的一面。有了这个敌人，我不会人云亦云，说什么我们的世界是众多可能的世界中最好的一个①。

现在我愈加自豪，因为我面对一堵光溜的白墙也能悠然自得，还能自言自语地对自己说：我的日子太美了。毫无疑问，"太"字还必须去掉。我很乐意向世人大声宣布：谁要是异想天开，认为非与我为敌不可，谁就必须明白——现在没有谁撵得上我。经过几十年的努力，我已脱离可以被人追赶的范围。说是几十年，却是弹指一挥间。所以，亲爱的对手，尊敬的敌人，你们掐指算算，看我现在已经离你们多远。我已逃之夭夭。但未能逃避自己！还没有。会有这一天的。啊，乌托邦！你坚不可摧！

---

① 莱布尼茨名言。

12

我有许多该说却没有说出口的话。其中，感激排在首位。紧随其后的是忘恩负义。憋在心里的忘恩负义想加塞儿，想比憋在心里的感激涕零更重要。憋在心头的感激涕零，总是少说了一句话。我对人总是如此地感激，以致不好意思告诉对方我是多么地感激。我总担心，一旦向我对之充满感激的人承认我对之充满感激，他就会认为他对我太好。我的感激证明我不配他对我这么好。所以，这一切都变成了内心的不安和依赖。

我太懦弱，做不到忘恩负义。挨整的时候，我没有奋起反抗，而是逆来顺受。整我的人一定相信我认为自己罪有应得。

13

迄今为止，我避开了那个叫作良心的东西。为此，我不得不和自身保持相当的距离，以便我可以把自己称作他。

他总是做他不可以做的事情，总是想他不可以想的事情。他的回忆全部由他不可以做、不可以想的事情构成。如果他做了什么可以做的事情、想了什么可以想的事情，他所想的、他所做的事情就不会在他的内心留下任何痕迹。他记不住这些。凡是他不可以想、不可以做的事情，却全部历历在目。

就是说，他的一生，不是为真善美服务的一生。他并非事事正确，从良心的角度看，他一无是处。

谁若事事正确或者显得事事正确，谁就给旁观者提供了便利，使之可以轻轻松松地赞同他，甚至崇拜他。谁若成为善和真的榜样，谁就为别的许多人减轻了良心负担。其他人只要对他表示赞同，就站在了真和善的一边，也许还站在了美的一边。

英雄或者明星就是用这类榜样材料做成的。多数人的良心在他们这里得到妥善保管。英雄特别是明星是特殊人才，能够让世人见识他们对自己的所作所为如何坚信不疑。他们是明灯，他们散发出心安理得的光辉。他们在众目睽睽之下思想和行动。他们聚真善美于一身。对于他们，存在就是为正确的事物而存在。

现在说说那个异类，那个思想和行为常常与规范相左的人。他一直良心有愧。不管时下盛行什么道德，他总要掩饰自己距离这种道德的要求差多远。

有例子表明，一些家族在民族社会主义时期飞黄腾达，还当上譬如说国务秘书。到了联邦德国，他们中间又出了联邦总统①。即便在一个人的不同的人生阶段，我们也可以看见有人总是正确站位。托马斯·曼就是一个闪光的例证。说白了，他总是正确站位：1918 年之前，他极端保守，对民主思想冷嘲热讽；1918 年之后，他周身散发着民主思想的光辉，包括社会民主

① 指德国前总统里夏德·冯·魏茨泽克（1920—2015）。他的父亲恩斯特·冯·魏茨泽克是纳粹德国外交部的国务秘书，1943 年还出任纳粹德国驻梵蒂冈大使（当时是纳粹德国最重要的驻外大使）。

党的光辉。他的哥哥亨利希·曼总是站错队。在总是正确站位的人看来,内疚是一种错误。

尼采一语中的:内疚?这说明你的性格配不上你的行为!

和自己闹别扭的,别想占领道德制高点,因为道德具有公共属性。谁总是做不可以做的事、想不可以想的事情,谁就良心有愧。这样,一个人可以痛苦地高喊:心安理得者没有良心。他没有去满足有着严格规范的善,而是沉湎于自我满足。由于各种原因,他的自我满足总是被视为违禁之举。如果在生命的每个阶段都沉湎于自我满足,你就不可能做到善;由于你总要掩盖自己的真实情况,你也不可能做到真;既然你掩盖真实的结果就是鬼鬼祟祟,你也不可能做到美。

另一个哲学家——这可能是黑格尔——说过,良心,这是一个人最内在的孤独。他指的不是那些心安理得者,不是那些闪耀着真、善、美光辉的明灯,不是永远正确者。你的所作所为、你的所思所想都见不得人,你必然陷入孤独。

因此,他总是不正确,总是犯错误。如果说他偶尔还是能够进入正常生活,那是因为他成功地掩饰了自我。

拜托,你为什么从未说过自己多么喜欢生活!

14

现在说说人如何分为胜者和败者，以及这一区分产生的影响。

足球比赛就是鲜明的例子，我们在电视屏幕上看得一清二楚。赢球的球队，队员们大玩叠罗汉，没完没了地亲吻，没完没了地拥抱。输球的，这一回是葡萄牙人，有的坐在草坪上，有的躺在或者趴在草坪上，有的蹲在那里，但彼此互不相干。他们要么表情木然，要么号啕大哭。最年轻的队员，C 罗，不停地哭。他哭起来显得更加年轻。简直像个小孩子。

胜者恨不得融为一体。败者却互不搭理。胜者是一道欢呼。败者互不相干，每个人都是败将，每个人都在独自品尝苦果；不管他把输球的原因归咎于谁，输球的总是他本人。

现实中是这样的情形：尽管胜者还在没完没了地大吹大擂，其吹嘘方式却很有品味并且博人好感。总是得意忘形、唾沫飞溅。

你鼓掌的双手僵住了。胜者不一定美，也不一定善。历史是为胜者书写的。世上的所有价值都是战利品。你也匍匐在地。

你不可能躺在吊床上，在左右摇晃中摆脱失败。

重复强迫症，这是失败的意义。你不得不在脑海里一遍又一遍地回放失败的经过，不得不一遍又一遍地用更好的句子来取代那些导致失败的句子。如果用了更好的句子，你就不会失败。但是你只能在事后、在大势已去的时候才想出这些更好的句子。

你只会信口开河，只会怒不可遏地自我辩护，结果适得其反，也许还雪上加霜。也许吧。但也许事情已经糟糕到无以复加，如你所见。现在你别无选择，只能让自己化为乌有，以免回想自己刚才是多么地傻，以免回想自己如何愚蠢地反击敌人的一次次攻击。

失败使人孤独。别把你的孤独变成一个马戏团。你是自己唯一的观众。你是败者，你永远不明白强者之道。

失败没有原因。别人为你解释失败的原因，无非是为权力运作找依据。有人大权在握。运用权力的时候他才感受到权力的存在。你给了他机会。当权者越是清楚地向你解释你失败的原因,他就越是强烈地感受到自己手中的权力。

这一实践无关公正或者不公正。如果你因为自己遭受了失败就以为自己遭受了不公,这只能证明你没有能力理解真正发生的事情。为你的失败寻找根据,旨在让权力运用者尽情享受运用权力的乐趣。他也许还梦想你把他对你做的坏事当作正义之举。倘若梦想成真,这将是一个美妙的转折。这一转折在现实中不会出现。

对于遭受失败的人,失败是不可理喻的。所以,失败是一桩纯粹或者绝对的恶行。为了把这类事情纳入哲理范畴,人们可以轻描淡写,谈论公正与不公。我也许也曾运用过权力。我记不得了,但虔诚如我,希望施加不公也给施加者带来痛苦。但遭受不公是更为高级的痛苦。遭受不公的,因为无法理解自身遭遇而跌入痛苦的天堂。在他的心中,在他的身上,在他的四面八方,开放着姹紫嫣红的痛苦花朵。痛苦作为生命的升华。没有痛苦,他算什么?行尸走肉!他觉得自己出类拔萃。只有这样,他才能忍受触目惊心、层出不穷的失败的痛苦。他不再是遭受失败之前那个人。现在他很傲气。他俯瞰所有没有失败经验的人。失败时时刻刻萦绕在他的心头。他唯一的解脱就是傲气,就是说,要时刻保持清醒的意识,意识到自己遭受了不公。

所以,遭遇不公使你今非昔比。遭遇不公变成了你的精神财富。你已开始可怜那些受到公正待遇的人。

在这方面没有经验的,我们建议他想一想,一个专事攀登四千米以上高峰的登山者,跟生活在平原上的人在一起是什么感受。通过一次次的攀缘,他的肌肉感觉与从不爬山的人截然不同。人的心灵也有肌肉。练就心灵的肌肉,失败是最佳的训练方法。

最后还需要说一说上帝。又是黑格尔,是他把上帝这个词称为无意义的音节。他指的是神学家们的肆意曲解。令我耳目一新的是,他没有说:上帝是一个无意义的表达。他说的是:上帝是一个无意义的音节。每当世间的惊涛骇浪把我冲刷到那堵白墙的时候,我都情不自禁地想起这句话。我不能简单地拿上帝这个词去替代白墙。但我必须承认这面墙和上帝有相似之处。在我需要帮助的那一刻,这面墙总是把我当难民、当求助者收留下来,就是说,我总是筋疲力尽地、无声无息地倒在它跟前倒下;如果随后再出现上帝,我的耳畔会响起音乐,不是音乐家创作的音乐,而是震耳欲聋、令人头晕目眩的欢呼,是历史的光芒,是当下的各种辉煌,总之,是拯救的力量。我不想再开动脑筋,我只想单纯地存在。我无欲无求。我一再问这堵墙,你行不行,能不能提供庇护。我们不会拿这个问题去问上帝。上帝,这是纯粹的隐喻。但它指代一切。包括失败。绝对的、最后的、不可挽回的失败。上帝作为失败本身。作为你咎由自取的失败,你的失败来自你的可怜或者缺陷。也就是你自身。上帝作为你的弱点的表达。

相应地,他伴随着震耳欲聋的欢呼声和绝对音乐出现在你的眼前,它是一座火山,喷吐着绚丽的烟花,它是一个山谷,充满郁郁葱葱的温柔,它是一道山脉,一眼望去都是纯粹的善,它是儿童做的一个梦,梦境绵延不断,它是你思念的一切。所以,他表达了你思念的一切。所以你洋洋洒洒,文思泉涌。直到他提出抗议。然后你会觉得自己受到关注。

然后就有人牵着你走。你倒下了。你的眼睛终于睁开了。你跪着。你跪在一堵光溜的白墙面前。你对着光溜的白墙顶礼膜拜。

我的日子有点太美了。

15

别人期待什么，我就做什么。不知道别人怎么想，反正我自小就认为这是天经地义的事情。对于我，无视他人的期待是一种无礼行为，近似冒犯。我的给予，总是大于人们的期待。这对我是一种享受。

这么做，不全是为了自己，但也是为了自己。结果如何？不言而喻，不同的人有不同的期待。如果与我亲近的人对我有不同的期待，其愿望就很难一一得到满足，因为根据现行的判断，他们的期待是彼此排斥的。在政治领域，在历史领域，这使我容易受到诋毁，因为在所谓的现实世界中彼此敌对的势力，在我的心中并未彼此争吵或者排斥。

不相信有人想着你，你却能够忍受自身：你要变成怎样的铁石心肠，才能做到这点？你曾以为，如果没有人思念你，如果没有一个能够唤起你的爱意的人想念你，你就无法存活于世。

你在自己心目中太没分量。

或者这么说：甲喜欢你，乙也喜欢你。你喜欢甲，你喜欢乙。如果你对一种需要严肃对待的爱不予理睬，你会觉得这是一种无礼，几近冒犯。

你避免了无礼，其意义超出了礼貌的范围。你看见有人爱你，你可以深受触动。两个人都期待得到你付出爱。你同时满足了两个人的期望。随后甲和乙都认为你说谎。但是你只能对自己说谎。你对一个人说的话，总是你想对这个人说的话：我说给这个人听的真话。我有两句、三句或者许多句真话。但毁灭一切的道德只承认其中的一句。但使我的三句话都同样真实。我选择我认为最能让对方接受的真话。而且必须承认一点：爱的表白是最纯粹的自我对话。

同时爱两个人显然不会得到允许。你试图进行解释，说别人期待你做什么你就做什么。你的解释无济于事。谁让你没做到只满足一种期待。但是这与我的习惯相左。我自小就习惯于满足每一个人对我的期待。你只好顺其自然。你尝试满足两个彼此排斥的期待。你尝试的结果，名叫不幸。

产生这一不幸，是因为我们的情感必须满足一个前提：你只许爱一个人。这一戒律和有关只许敬拜一个神的宗教戒律如出一辙。现在宗教戒律有所松动,约束人际关系的铁律却雷打不动。我们的情感依然遵循排他性原则。

雷打不动的理由:施爱者赋予被爱者一种价值。但如果他爱两个人,那只能是一人一半。这就是现行的感情计算公式。计算得出的结论是:要一半,还不如不要。现行的道德判断不许一个人可以同时爱两个人。

如果换成我的表达方式,就可以说:我倒着脚在地上跳。我的脚板儿被炙热的大地烫得通红。我周身挂满铃铛,我上哪蹦跳人们都知道。观众不少。如果我唱歌,他们会允许我唱。但是我的呼吸跟不上,我无法唱歌,也无法蹦跳。但是我必须蹦跳,因为地板滚烫。所以我没有唱歌。

用道德通缉用情不专,这是一种野蛮行径。如果一方达不到要求,另一方就会不忠。如果每个人都达到对方的要求,用情不专就不会出现。人们在忠贞问题上的小题大做,这无非是对按部就班的野蛮惩罚进行文化包装。

但丁走向历史的深渊的时候,有维吉尔做向导,我没有人做向导。我看见自己不断制造涉及正确与错误的声音。

我说过的话,只要听着像判决的,我都想在此召回。

对每一个想成为永恒真理的句子,我都避之唯恐不及。否则这将意味着，如果我在某个瞬间说了一句什么话，我就永远受其约束，即便我的心中早已有了其他感受。

人们早已约定俗成，把人格视为思想表达的一致性，所以我不得不告别这一传统习俗。我把属于持续变化的感觉的一切称为伪造情感。我希望，有了这句必然招致谴责的话，我就证明了自己具有民事行为能力，从而满足了道德对我们提出的要求。伪造的感情必须产生假牙效果，就是说，必须看似真牙。人们所归属的存在，是一个相约的而非天然的存在。他必须接受艰苦的训练。必须严格要求自己。别再次对自己网开一面。伪造过不了关。你必须扼杀你的感情，扼杀每一种感情。灵魂有任何动静，你都必须矢口否认！吐气，把它吹出去！你所遭遇的事情，黑格尔的《精神现象学》讲得一清二楚："由于行为遵循的是一个陌生的决定，所以就行动或者意志这方面看，这不再是意识自己的行为。①"

表达一种观点的时候，人们常常进行自我调整，以便自己的观点能够发表，或者广受欢迎，或者恰好过关。我们从孩提时代就学会了符合标准的思维方式。

历史上伪造情感的经典实例：阿伯拉尔和爱洛依丝，荷尔

① 译文引自：《精神现象学》，先刚译，人民出版社，2013 年 10 月，第 142 页。

德林和狄奥蒂玛。还有：弗洛伊德有丰富的思想，为何独独把升华概念看得比什么都重要！若把升华译成直白的德文，就是情感造假。

最重要的：我们为什么必须伪造情感？为了别人。抑或为了自己？必须好好想想。你总是克己，总是考虑他人，你说话如此，沉默亦如此。你有了某种感觉或者想法，而这种感觉和想法一旦说出口，别人就会感觉不舒服，甚至受到伤害，在这种时候，你就只能把自己的感觉和想法憋在心里。否则你将令人生厌。所以说，你被迫伪造情感也还是为了自己？可是，伪造感情可以伪造到什么地方？绝对不可能到让人察觉不到的地步。这是一个理想，但不可实现。你不得不装样，以便自己在各种冠以美好名称的关系中可以被人接受。你一开始就有这个本事。你自小就学会了如何表现，以便自己的愿望得到满足。你还在学习说话之前就学会这个。你学会这一本领的时候还不知道自己在做什么，你小小年纪就懂得乖巧，为了收获尽可能多的爱。

这成为你终生的渴望。

例子层出不穷。

华沙来一个玛格达莱娜，弗莱堡来一个亚历珊德娜，你立刻心潮澎湃。你想与人拥抱，你想化作熊熊燃烧的火焰，你想留在此时此地，不想其他。她们拿你有用。需要你提供语言商品。

所以她们来了。你引渡自身,你想被她们带走,永远带走,不管带向何方。对此,她们莞尔一笑。但是你不得不伪造这场乱中有序的混乱。不管她们希望你做什么,不管她们要求你做什么,你都可以活蹦乱跳地予以配合。然后她们人就撤了。挂满愿望的风火轮在你的脑袋里飞转。

玛格达莱娜的衣领让你窥见她双乳之间的深沟。亚历珊德娜的绚丽外衣遮挡不住她的丰满身体。你忙于处理伪造的愿望。

或者说说W女士。她在电邮里还感谢与你的第一次电话交谈,那是一场生动活泼、情真意切的对话。之所以如此,是因为你随便说句什么,她都应声附和。所以你的下一句话变得更有力度。这样,我们就彼此推秋千,越推越高,最后步入佳境,让她觉得有必要用温暖的文字记录下来。随后她出现在你眼前:金色头发,紧贴头皮,勾勒出脑袋的形状。一袭流光四溢的黑装。当你在有意无意之中触碰到这黑色的流光四溢时,你发现它薄如蝉翼。随后,你按照流程提供你的语言商品。双方都做得很到位。她衷心感谢。声音跟第一次通话时判若两人。拜拜。

现在剩下你一个人,忙于伪造自己的情感。我不会连续不断地打你的主意!或者:我拼命地工作!为了消灭这些句子纪念碑，他大声告诫自己：我爱世上所有的女人。当你不得不失去一个人的时候，这个人从内到外都变得多么地美丽，多么地神奇。因此：伪造感情作为日复一日的工作。我拿痛苦来熬粥，熬一锅充满尘世烦恼的烂粥！如果没有你，语言，世上就没有我。

连医院也不例外。这里有很不起眼的、也许还其貌不扬的劳拉护士，但所有带“不”的形容词都是错的，她原本美丽的脸显得饱经风霜，她看上去明显比实际年龄大，把一个黑人女子领到房间里来，替后者问道：现在可以打扫吗？而且是生硬的东欧口音。说话间她走到我近旁，近得有点过分，把手搭我肩头上，我表示可以做卫生，但她的手还是不拿开，她还露齿微笑，我不得不仔细看她漂亮的牙齿。她一定知道这排牙齿在这张饱经风霜的脸上是什么效果。跟年轻虎猫一样的牙齿，即便你不知道年轻的虎猫跟年老的虎猫的牙齿有无区别，当你被这牙齿的魅力迷倒时，你完全无法裁断二者是否有区别，但她看起来比实际年龄要大，从这一区别可以看出一种命运，看出她经历坎坷。她因为经历坎坷而显老，但也比她昔日单纯的年轻貌美更好看，她现在有一种尊严，应该说有一种永恒的美，面对她，我真想说：我想娶你。这句该说的话我恰恰没有说出口，我不可以说，因为我无法告诉她哪天去民政局，但她却如同命运一般美丽，这使她不可抵挡，所以我无可奈何，只能说我想娶她，但是，通过勤学苦练，这一禁令我早已铭记心中，我不得不自律，自律就是情感造假，这会令人生厌，可以想象，如果持续强制，不得不伪造情感，我们会厌倦生命。错！我不知疲倦。我大意了。我太大意或者太心软或者太不懂事。听起来，不懂事仿佛是一件好事。

黑人女子做了清洁。我没法把前面那句话说给她听。她是年轻漂亮而已，没有受到命运的磨炼。还没有。

刚一出院，我就不得不作诗：

我有谱写哀歌的欲望
我想让我的痛苦歌唱
泪珠化为珍珠
我不让自己因为痛苦
而走向毁灭
我不能白白地痛苦
我想让痛苦学会唱歌
学会瘸着腿跳舞
我把痛苦变成男低音
抑郁变成我的男高音

若是痛苦让我呐喊

我就喊鼓掌和再来一遍

我做教皇，神父们就得闲

一朵红花在黑夜绽放

花香就是我的哀歌

纸上所发生的，可以不同于现实。

16

看吧，我得多么强大，才能把自己说得如此弱小！我今非昔比，可以赞同一切的人和一切的事。这种赞同一切的能力我感觉是一种存在的力量。我不指责任何事、任何人。

每当我认为什么事情不对的时候，我总是发现自己并不更加高明。我再也不想反驳任何人。

我感觉自己是一片郁郁葱葱的草地。我对着一堵白墙郁郁葱葱。我让一个神从纯粹运动中诞生。敌人、朋友、对手邀请你跳舞。一个想置你于死地的人与你发生身体接触，还有什么事情比这更令人感动！有什么东西比敌人的嘲讽更能揭示我的真实面目！卑鄙的敌人把我攻击得体无完肤，这是看清我面目的最佳机会！犀利的言辞如冰雹一般噼里啪啦砸向我！

我真心希望敌人别收手,希望他们对我进行研究。如果他们对我兴趣索然,百无聊赖的时代就会来到。只要他们还在想招数来对付我,他们的自我感觉就很好,世人就有戏可看。敌人和我——我们同属一个队。我们让世人开心。如果这个团队陷入沉默,这肯定不是一件好事!他们脑子里不断冒出评论我的句子,这些句子他们不吐不快。

还有我的朋友们。他们关心的不是我,而是他们自己!除了这类影响,你还期望什么?你的朋友在你这里进行自我体验。你是一面镜子,供他们自我映照。他们为你产生的感受,是一场自我感受的风暴。如果他们欣赏你,他们就把自己当感情权威机构来体验。

我无法拒绝的观点,总是特定的观点。你并不屈服每一种观点,你只屈服那些具有强迫特征的观点。表达这种观点的人,胸有成竹,不可冒犯。令你屈服的,正是他们这种姿态。如果你自己做事心虚,却不对胸有成竹者表示赞同,你就过于小气。我无法拒绝的观点,总是表达特定人生态度的观点。如果你不表示赞同,你就是这种人生观所认定的罪人。你就是纳粹、资本家,等等。一旦表示赞同,你就觉得自己属于洁白无瑕者。控制你的,都是那些洁白无瑕者。洁白无瑕就是其控制他人的手段。

有时我不得不认为,我对什么都点头赞同,是因为自己软弱。我常常感觉自己太软弱,无法用摇头动作表示否定。我点头很轻松。

我通过赞同获得一种归属,这种归属却并未让我看清自己的真实面目。我对自己的了解有限,总是别人说多少我就了解多少。这不足以让我产生自爱。但这足以让我培养出迁就他人的能力。想到这一点,我感觉内心很充实。陌生,但很充实。我最了解我的嘴巴。它有它的需要,我予以配合。譬如,它不会人云亦云。它说一些只有它才说的句子。我听见了,多数时候我都很高兴。譬如,我听见它说我是一片郁郁葱葱的草地。好吧。我是一片郁郁葱葱的草地。我喜欢不必得到证明的句子。

17

女讲师把我领到讲台上。她很年轻,头发多到她难以打理。她向听众问好,并宣布讲座即将开始。讲座题目是:语音学。它的要义。

我打开黄色的文件夹。女讲师已经重新坐到第一排,望着我。我突然产生一股说真话的冲动。我请她再上来一下,到我这里。她走上来,充满好奇,想知道我为什么不开始讲座,而是把她请上来。我刚刚发现我拿错了文件夹。很明显,有关语音学的讲稿放在另外一个文件夹里。现在我想不起怎么一回事了。我没觉得尴尬。

亲爱的施派泽博士女士,我说。她姓施派泽,这个我还没忘。我接着说:我是一片郁郁葱葱的草地。不管您现在是否闭眼,但是您承认,用心灵之眼去观看一片郁郁葱葱的草坪是一件很划算的事情。信则灵,博士女士!随后我问她名字叫什么。

安娜玛丽。

这是两个名字,我说,安娜和玛丽。我应该叫您安娜还是玛丽?您的披肩。黑色,带网眼,很长。您的披肩下面——请原谅——是粉色或者肉色的衣服。谁都会产生我产生的联想。本来您不必在网眼披肩底下穿肉色衣服。我不相信您这么做没有想法。即便您的想法与我、与众人有所不同,您也可以为此下地狱!哪怕是下但丁的地狱。有文学创造的地狱。所以也有文学创造的天堂。我是一片郁郁葱葱的草地。这是文学创造的天堂。

接着:亲爱的上帝是按摩师,他的双手用音乐做成。

接着:我是苹果树上结鸭梨。

接着:鸟儿们在歌唱,仿佛心知肚明。

女讲师哈哈大笑,鞠了一躬,想走。

我拉她的胳膊。等一等,我大声说。我终于鼓起勇气,说出所谓的真理。我想娶您。白头偕老。承担一切相关的义务。

她喊道:还讲不讲语言学!

我又喊:这就是语音学!语音学教义就是:只有一个声音值得我们讲授。这就是爱。

众人鼓掌。女讲师拍拍手。仿佛是在模仿众人。

接着她问我能否允许听众提问。

我耸耸肩。

她宣布讲座进入讨论环节。没人提问。最后一排有一个小伙子站了起来,打了一声尖利的响哨,用的是两根手指。坐在第一排的一位老太太站起身,说:太棒了。

女讲师即刻消逝得无影无踪。我只是记事本中的一个日子。

我说:谢谢大家。然后离开讲台。

我一边从大厅往外走,一边吟唱赞美诗。很明显,歌词在人丛中为我开出一条通向室外的路。

我的日子有点太美了。

做做梦就够了。

宛若浮云,远在天边。

我的希望之多,已非我所愿。

我咳嗽,所以我存在。

我是一片郁郁葱葱的草地。

亲爱的上帝是按摩师,他的双手是音乐。

我是苹果树上结鸭梨。

鸟儿们在歌唱,仿佛心知肚明。

18

待上十分钟却不看时间,这个我可做不到。每当我重新看表的时候,时间不会超过十分钟。我害怕时间间距缩小。我尽力阻止自己提前看时间。如果我最终抵挡不住诱惑,我心里就想:好,现在已经过了十三分钟或者十五分钟,不是十分钟。但随后一看,又是不多不少的十分钟。我害怕无法再长时间地保持这一时间间距。害怕时间间距因此大幅缩短,我就没法扭头不看。我就会坐在那里盯着时钟看时间。真希望自己有一根鞭子,可以拿来驱赶思想,让它们走快点。它们老想停下脚步,望着受伤最严重的地方发呆,并由此加重伤情。我不得不反抗。用语言反抗。我对着时钟说:每一秒都在流血,每一分都在哭泣,每一个钟点都在化脓,每一个日子都在呕吐,每个星期都在出汗,每一个月份都在吐痰,每一个年份都在撰写历史。而且,每当历史狂风大作的时候,死去的树枝比活着的树枝更能刷刷作响。

19

女的名叫反正,男的叫专门。她的头过于浓密,他的头发过于稀疏。他们想合二为一。否则人生毫无意义。

他们说话都为对方着想。都说对方爱听的。都不说有损亲密关系的话。都知道对方想的比自己说的更多。都想了解对方的全部想法。他想了解她的想法。她想了解他的想法。但是她不能把脑海里浮现的一切和盘托出。而且她把这个想法告诉了他。随后他也发现自己不能什么都说。在俩人心里都出现一个私人非法出版社。她说她知道为什么不能什么都说。他过去认为这不可能,现在发现自己也有了一些不能说出口的想法。不能说的事情他们就不说。由于无法说真话,他们彼此所说的话就接近假话。从道德角度看,这是一种无懈可击的假话。他们没有编造任何谎言。他们只是进行了筛选。他们只说有助于加强亲密关系的话。亲密关系变成一种人造产品。亲密关系变得越来越美。同时越来越缺乏真。所以,美的事物只是看起来很美。如果美也做到真,那是万幸。但由于真相是我们的需要而非现实,所以,美的事物永远是不真实的,由于不真实,它也不美。谁说它丑陋,谁就是道学家。这是再正常不过的事情。谁提出非分要求,谁就自食其果,陷入不幸。

20

如果赋格艺术帮不了你,你就没救了。她说。

幸好我还什么都明白。

我知道,我只能相信对我说谎的人。这是指那些为我好而不讲真话的人。谎言给世界带来的真理,跟真话带来的真理一样多。终于,我想为不真实争光。谎言是作为语言的赋格艺术。如果没人再为你的缘故给非真实套上笼头,你就陷入冰天雪地,就冻成一根冰棍。如果你无法和不真实和平共处,你就缺乏支撑生命的力量。如果你只能说真话,你就无法与人相处。

21

这是一个春天的早晨。处处都是好兆头。我听懂鸟儿在说什么。树枝冲我挥手。小溪弹着银质的舌头奔流。花儿仿佛是头一回自报姓名。我记下花儿的名字,以抵抗那吞噬一切的黑洞洞的大嘴。大嘴怪物无名无姓。生着一张好吃、贪婪、刺眼的脸。无耻之尤。只要我在说话,它对我就奈何不得。沉默不语者,皆成其腹中之物。我的嘴巴是一件防身利器。词汇,寒光闪闪的护身铠甲。我不必看我在说什么。我不必知道我的嘴巴讲的事情从何而来。也许来自过去。大嘴怪物来自今天。它见什么吞什么,被它吞噬的,就不复存在。我的嘴巴和我本人让它无可奈何。我的词语是坚不可摧的铠甲。

我说过,有一个女人,进门就噼里啪啦讲一通话,这个女人不存在,因为是我说她讲话噼里啪啦。我认为我必须给她一段文字。所以我让她说:如果赋格艺术帮不了你,你就没救了。我是你的创造物,你曾期望我不仅仅是你的创造物。如果我想起什么有利于你的话,这灵感就不是来自于我,而是来自于你。你想让我不可想象。

不可想象的美!

你说说,我穿的什么。

亮闪闪。

我不穿亮闪闪。

你说了实话,我爱你。

帮我穿件别的衣服。

如果我更乐意帮你脱?

我走了。

再见。

22

寡妇比比皆是。每一个寡妇都希望我跟她聊她死去的丈夫。她们谁都把我视为唯一可以跟她们谈论这一话题的人。她们堵在我的门前。我一到门口,她们就扑上来,要把我撕成碎片,因为谁也不想把我让给别人。我的生命由此获得一种意义。我不得不苦口婆心,让她们明白我只能一个一个地满足她们的要求。她们必须按照顺序排队。人人都有机会。那些死去的男人的事情我知道太多,已超出她们想知道的范围。但是我只说每个人想听的事情。一如既往。我很清楚她们想听什么。假话！词语的赋格艺术。

我生活在天堂里。也许天堂征服了世界。现在满世界的人都在约会。到处都有幸福在向你招手。所有人都有了妙手回春的本领。赋格艺术,或者说拿假话打造幸福的艺术品的本领,这才是人类的真本领。没有什么本领比这更高贵,更有利于人类。我一向认为自己有义务增进人类的幸福,如果人们根本不再需要我,我会感觉良好。我下班了。

词语向我飞扑而来,仿佛它们等待已久。最重要的:确定性。既然词语世界有确定性,怎么可能还有自由。我无法相信自由,这不必马上用确定性对我进行惩罚。我想移民到一个没有确定性的国度。

我假装不知道我下一步走向何方,这是我赖以生存的前提。必然性是一切。确定性恰好是一个词不可有的品质:这就是作为拘束衫的词汇。

我们为单义性准备了仪器。词语是可感知的事物。词语化身为两位男士,从山上走下来,他们来找我。一个圆滚滚,一个瘦高个儿。他们一路磕磕绊绊,但是没有摔跤。他们把磕磕绊绊变成了舞蹈。他们向我展示如何动作才能避免摔跤。他们胸有成竹,充满自信。所以他们敢于冒险。所以他们有惊无险:无论其动作如何疯狂,他们不会出半点意外。

他们离我越近,我就看得越清楚:他们找的不是我。他们刚刚走到我身边,就已从我身边走过。

众多的音节在我的四周跳来跳去,它们想引诱我把它们变成单词。词语,既是我的盾,也是我的矛。但千万别派上用场。没法想象。

我可以让两个女人上场,让她们假装从天而降。她们做伸展运动,把凹凸有致的身体曲线展现得淋漓尽致。她们对双腿一无所知。双腿却对她们了如指掌。

她们在镜子前面绝对专心致志。她们专注自身的完美。不问为何完美。她们所做的一切,她们的存在本身就很美,先验的美,超验的美。俩人都并非源自经验。

她们是无主题音乐。即音乐本身或者纯音乐。她们做什么都很成功。她们伸展自如,却不关心产生何种效果。我成功塑造了两个女人,她们尽情舒展,没有倾向。我在内心按捺不住,非让这类女人露面不可。她们露面之后,我对她们朝思暮想!她们是觉醒的愿望。即不可满足的化身。我还做了一连串的梦。一只大如房屋的女鞋,五彩缤纷,摇摇晃晃从天而降,在山后落到地面,我看不见它如何撞击地面。它巨大无比,尽管如此,依然很美。我醒了,可怜人一个。生命即苦役。

我痛苦,所以我存在。

23

旅行过多产生的一个不良后果,就是你不可能随时都清楚自己人在何方。坐火车倒是很简单。不是 12 号车厢就是 14 号车厢。总是没有隔间的软座车厢。人很多。我预订好 41 号座位,但上面已经坐了个什么人。我停下脚步,客客气气地提醒他座位不对。他一动不动。我仔细察看。随后浑身一颤,如遭电击。这个人,几年前曾对我大加挞伐。但很快就死了。当时我不得不克制自己,以免流露出幸灾乐祸。现在他坐在我预订的 41 号座位。他心安理得,当我不存在。我立刻环顾四周,想找一个空座。这类事情我通常不会认死理儿。但是我大吃一惊!整个车厢座无虚席。座位上的人我全认识,全是已经死去的同时代的人。这下我很清楚自己身在何方。我想不起自己的死因是什么。这些人在世的时候全都与我为敌。他们处处刁难我。作为房东,作为律师,作为同事,作为政治家,作为远亲,作为近邻……一个女列车员过来了,但她不是来查票的。我来了解情况,她说。您好好站在这里,有座位空出来就属于您。我站着。不知道站了多久。但毫不费力。突然,就像一声令下,所有人都开始说话。由于人声鼎沸,一下听不清他们说的是什么。我相信,他们在谈话中提到我的名字。他们说的事情我全知道。他们所说的,就是他们在世的时候讨伐我的那些话。尽管众声喧哗,我逐渐听懂了他们在说什么。

好像每个人说话都很吃力。一字一顿,痛苦不堪。但即便上气不接下气,他们也必须对我进行批判。他们一遍又一遍地重复昔日对我的口诛笔伐,我不得不洗耳恭听。我逐渐明白了,这批斗会没完没了。他们用来批判我的每一个字都让他们感到痛苦,我要对其痛苦负责。我大声吼叫。但是发不出任何声音。这显然是我在世的时候发生的事情的再现。车厢里的七嘴八舌是一个义正词严、不容反驳的文本。我对这个文本表示赞成,因为我理解它。我理解它,则是因为其内容再清晰不过:我曾经想过或者没想过的一切,我说过或者没说过的一切,我写过或者没写过的一切,我做过或者没做过的一切,都是旨在让自己轻松过关的歪门邪道,都是为了蒙混过关。这就是文本内容。

渐渐地,众声喧哗变成了一曲雄壮的合唱。它把我的一生变成了一出乱涂乱画的大戏。事实也如此。我发现,人们有权要求我进行表态。我发现,我正在表态。我发现,我的表态印证了人们对我的批评:我一辈子都在占肮脏的小便宜。我挖空心思、变着法子自我吹嘘,又是点头,又是鼓掌,又是吹牛。我恰恰想通过肆无忌惮的自我吹嘘巴结在此发出怒吼的各路权威。突然,我听见了女性的声音。

现在我才看见,本来应该存放行李的地方,躺着好些女人。一个接一个。她们似乎很难受。至少她们的身体在不断地扭动、翻滚、弯曲,她们仿佛躺在滚烫的铁板或者针毡上面。她们表示,痛苦要归咎于我。

我终于听懂她们在说什么。只有一个句子,一个集体创作的句子,她们每人贡献一个或者半个单词。这是撕心裂肺、充满痛苦的声音,我听出一个句子,这个句子被她们一再重复:在乘客座位的上方,在紧贴车厢的内壁有一溜摆放行李的空间。如果我立刻说出其名称,她们就即刻得救。但我必须说出铁路部门给出的标准名称!行李网架,我应急似的说。下面座位上的人立刻齐声呼喊:过时的称呼。用来存放行李的坚硬而结实的设施,怎么能叫网架。快!快!快!

女人的声音变成了纯粹的哭号。她们对我不再抱任何希望！男人依然七嘴八舌，每个字都听得清楚，凡是可以拿来骂我的话都全部骂了一遍。

我恍然大悟：他们不得不骂我，因为他们正在遭罪。从来如此。现在我知道自己身在何方。女列车员凑在我的耳畔说：真理沙龙。说着她指了指上面的女人，然后说：行李架。我重复了一遍。女人似乎得救了。但是男人还没得救。他们吭哧吭哧，说出我隐瞒了一辈子的事情。

我拔腿就跑。列车员在我身后喊：你现在失去的比你曾经拥有的还多！我还是逃脱了。

我的日子有点太美了。

24

当我让这堵光溜的白墙施展魅力的时候,我没想到自己会对它产生依赖。

依赖使人变形。

我必须摆脱依赖。

摆脱自身。

25

随后有一个女人坐到桌子旁边。她的身材几乎不再苗条，但却依然苗条;她的乳房很大,但一点不过分。留在乳房这里不走。请求避难。但他随后还是站起身,走向前台分配给他的房间。他一屁股坐在单人沙发上面。不一会儿,有人敲门。他一跃而起,冲到门口。是她。她把他的围巾递给他。说他把围巾忘在大厅里了,还说这是一条又好看又珍贵的围巾,她的店里从未卖过如此美丽而昂贵的围巾。她把围巾递给他。他接过围巾。

这是您的衬衣的颜色,他说。红——绿——黑。

没错,但这三种颜色在我这里是相互穿插的,在您这里是平行延伸的。

他：我这里没有一种颜色压倒另一种颜色，您这里则是红色主导。在您的衬衣上出现的红色，都是大团的红色，绿色和黑色只是这些喷薄而出的红色云团的底色。

她一脸诧异看着他。也带着一脸诧异打量自身。看这样子，她还压根儿没有注意到他所说的现象。

本来他现在很想说，她的圆领和那条柔和而笔直的阴影使人对她的乳房充满好奇。尤其是她在领口戴了一个多层的饰物，挂在一根细柔的金项链上面。手指和耳朵上是蓝宝石，与领口的祭坛相映成趣。它不是挂在逐渐升高的裸胸上面，而是摆在那里。让人目不转睛。而且，这东西过于高贵。

不适合她。这是一个男人专门为她设计的。这把她变成了一头用于献祭的动物！

这些想法在他脑子里一闪而过。她站在那里已经准备走了，还跟他道了一声晚安。谢谢，也祝您晚安。没别的话了。然后她走了。他回到沙发上。明天有几场活动。一成不变的宾馆生活内容。只是没往家里打电话。明天他会给妻子解释说因为头痛。

后来他在法庭上解释说，行李生告诉他是哪位女士问了他的房间号码。他敲门的时候她没有立刻做出反应，但后来还是做出了反应。她披着一身浴袍。后来发现，浴袍下面什么也没穿。但先来故事。她的故事。因为他们还是一起喝了一杯,而且不止一杯。她滔滔不绝,好像不吐不快。她叫莉泽·赫布斯特,来自尼德林德多夫。和丈夫或者说前夫约好见面。在这家宾馆。他和她见面,只是为了阻止她去起诉他。他现在生活在慕尼黑,把她的账户洗劫一空,然后就跑了,去找一个二十二岁的女人。那女子以为自己找了一个大款。莉泽·赫布斯特现在一贫如洗。她在尼德林德多夫开的店破产了。丈夫走了之后,她就破罐破摔。

检察官想知道事情是怎样发生的。

他们把房间的小酒吧提供的酒喝了个精光。葡萄酒,白酒,啤酒。她比他喝得多。后来他格外点了一瓶酩悦香槟。然后她就感觉恶心。就吐了。吐在床上。他想帮她。结果她窒息身亡。

她的脸上挂着悲哀和怒火,尽管这张脸其实非常好看。一幅展现绝望的漫画。一个令人揪心的谴责。拯救,他想。用一个夜晚抵消她所经历的一切。也许甚至是一个抵消他所经历的一切的夜晚。一个肩负历史使命的夜晚!毫无疑问,这是一个独一无二的夜晚。只要他们还在喝酒,他就可以满怀希望。她喝一口,笑一下。几乎说一句就笑一下。她所说的,他还从未从一个女人口中听过。他的妻子绝不可能说这种话。但他相信，这个女人尽说让男人盼了一辈子的话。白白盼了一辈子的话。正是这些话让他配合。不仅配合，他想超越她。俩人展开竞赛，看谁说的话更混乱，更无耻，更下流，更淫荡。和他们的言论相比，他们做的事情很可笑。随后她就崩溃了。吐得一塌糊涂。他帮她。随后她死了。

他无罪获释。

妻子想去旁听庭审，他挖空心思、费尽口舌才让她打消这个念头。随后她只好再来一句：你见谁都怜悯，现在看看这是什么后果。

26

有时候我不得不讲点新鲜事。即便不新鲜,也要显得新鲜。我的印象我认为它新鲜。我觉得它新鲜。

总是努力自我矮化。总是害怕在别人眼里显得狂妄自大或者不知天高地厚或者自吹自擂。每当我因为不遗余力地矮化自我而筋疲力尽时,我常常想不起到底是什么事情让我不遗余力地矮化自我。

所以我想说,下面要讲的是新鲜事。至少对我而言。我马上意识到这个补充是多余的。如果我说的是新鲜事,读者自然会把它当新鲜事来感受。如果不是新鲜事,读者自己也看得出来,不管我对它如何进行表述。

现在我可以讲讲据我所知还从未有人讲过的事情吗？容

我道来。

我会遇到这样的事情：我找东西，却不知道自己在找什么。我觉得这值得说一说。我四处寻找。抽屉，柜子，各种架子。既然不知道在找什么，寻找对象就可能无处不在。如果我要找的东西没有马上找到，我不会立刻变得不安或者匆忙或者慌张或者暴躁。这是我的搜寻行动的特别之处。我的神经似乎没有参与此事。由于我不是头一回找东西却不知道在找什么，所以我有心理准备，知道自己找半天也找不到我不知道我要找的什么东西。最最重要、最最关键的是：找了半天之后，我总有意外收获，总会找到点什么东西。总是某个我本来永远不可能去寻找的东西，因为我根本就不知道它的存在。每一次我都欣喜若狂。幸好我又一次在不知寻找何物的情况下找了一遍自己的东西。不知道自己找什么，却翻箱倒柜地找上几个钟头或者找上几天乃至几周。这显然需要某种绝对的信任。如果你找到一件你因为忘记其存在而不会去寻找的物件，你自然要欣喜若狂。以这种方式找到的物件，我们可以称为幸运物件。

如果这样漫无目标地寻找，我们就可以说：我寻找，所以我存在。

27

本来我也很乐意为善。我知道自己为何离真善美甚远。只要你无法做到善,一切都变成替代品。包括内心告白。但立刻又来一个告白:人们也可能因为无缘作恶而痛苦。他们让我变得邪恶,我想变得更加邪恶。大恶以权力为基础。我从未拥有权力。

人们无法拥抱贫穷。

空虚发出轰鸣声,贫穷外出散步。再蹦高一些,亲爱的抑郁症!世界纪录对你急不可耐。你在渴望中沸腾。

你渴望某种你本来可以渴望的东西。你的渴望不再有目标。若无对象,渴望只是渴望自身。但它一如既往地痛苦。我推上山顶的石头,是我自己。

被抛弃在布满铁钉的床上,这张床就是我的自我。

我遭受的痛苦,无一不来源自身。

心灰意冷,受厌倦刺激,被自我瘫痪,心生对虚无的追求。

28

尽管采取了种种措施，我依然无法自主。我本想避免某些想法。但没有成功。如果我想这想那，如果我非想不可，我事后总要受伤。自身的不足令人痛苦。我很擅长感受这种痛苦。我不适合做我特别想做的事情。我发现自己总是在研究自己为何不适合做自己想做的事情。

我拒绝倒霉这个词。这应该是给天气预报准备的词汇。一个用来管理情感的词汇。

过去总有那么一个人，我在他身上看到自己的不足。如果我装腔作势，仿佛说一句"过去总有那么一个人……"有用，这就是一种自欺欺人的尝试。我无非想通过类比来减缓自身的不足造成的剧烈疼痛。用类比来止疼，没有比这更不可能的事情。每一次的情况都是前所未有的糟糕。我的不足是一块磁石,它把我的小船拽离航道,触礁沉没。

没有一幅画面能够把这种思维强制的吸引力表达出来。因为你无法满足自己的要求,你就必须满足他人的要求,哪怕你的不足已经路人皆知。你躺在一片污秽之中,你不怕污秽,但是你怕路人的眼光。幸好他们只是路过,但他们免不了低头扫你一眼,嘴上再嘟哝点什么。

如果想到有你无法满足其要求的是好几个人,这有用吗?如果想到这是你对权力运作的体验?他们有权有势,能让你感受到你无法满足其要求。但天底下只有一个人,他提出的要求令人窒息。这个人过去一直存在。你试图伪造情感,以假乱真,使自己不再是那个无法满足要求的人。你必须做一个人,这个人却不是你。这是不可能的事情。但如果不可能的事情不存在,我就没法存在。我是一艘失去舵手的船,四处漂泊,任凭风吹浪打。我不得不让自己在海上漂泊,大海的名字叫不可能。我的空虚所表达的,是一个全速运转的虚无。我觉得自己像一个被破解的谜。谜底就是不可能。

我不可能存在,所以我存在。

29

没法说话。她把车开得飞快，因为我在阿姆斯特丹有活动，在国际法庭。开上这个速度，这辆车就有点发飘了。她一次又一次地化险为夷，在最后一刻把车拉回正道。她在阿姆斯特丹做语言教师。来自富拉尔贝格①。转眼之间，我已是一人站在空荡荡的大厅中间。高法的法官们鱼贯而入。一色的女法官。没有男的。好几个拄着拐棍。女庭长把她们的拐棍交给一个杂役。然后宣读判决书。法庭一致决议：无罪的有罪。一声巨响。雷电交加。我醒了。我已习惯不把梦境译成白昼的语言。这个梦让我打破了习惯。

---

① 奥地利西部的边疆州，北邻德国，西接瑞士。

30

我害怕。怕癌症。怕舌癌。刚刚获悉：尼古劳斯·里德勒死了。舌癌。我见过的最温柔的男人。如果你看见他做的家具，家具们就会开口讲故事。需要砍树的时候，总是里德勒师傅说什么时候砍就什么时候砍。星星说了算，月亮说了算。在带顶棚的伐木货场上，他总是耐心等待，直到可以拿木料做他想做的事情。不管是樱桃树、梨树、山毛榉还是云杉，他通晓各种树木的语言。不论拿一块木料做什么，是案柜还是桌子还是立柜，他知道什么时候该做什么事情。他总是说，树木有自己的节奏，急不得。后来他得了舌癌。下颚用取自大腿的一根骨头替代。后来就死了。在他弥留之际，他的猫拿他的帽子做窝，产下四个崽儿。贝洛，他养的德国刚毛犬，守在他的床边不离开。兽医手里拿着针管,贝洛咬了兽医。只能将贝洛枪杀。

他深受徒弟们的爱戴。他的家具熠熠生辉。如果允许魔鬼发言,就可以说:里德勒师傅死于舌癌,因为他的舌头总讲真话。

31

尽管我想字斟句酌，以免出现哲学漏洞，我还是对语言有所期待。我抗拒这种期待。我想契合自身，而非语言。我的目光到哪里，就停驻在哪里。我不想报复语言，不想划掉曾制约我的生命的词汇，譬如等待、耐性、时间，等等。我和语言漏洞缔结了和约。我不再反对什么。即便还有充满诱惑的瞬间。它们就像花朵一样在四周绽放，我不知道它们的名字。也不想知道，因为现在的我心无旁骛。现在的一切，和过去的生活无甚关系，我不再需要作为动词的生活。单纯地存在就够了。退出向我毛遂自荐。我拒绝它。我组建一支被我命名为外籍军团的队伍，里面全是我不想再受其引诱去做蠢事的单词。渴望也在内。这永恒的渴望！总是人在心不在。总想去自己没有去、也不可能去的地方。我不得不让这些单词流亡,离开我这里。我内心的空间在拓展。生长出一棵挂满拯救果实的树。我感觉到……我自己！我对单词的期望越多,我得到的就越少。拯救！也包括这个词！一个外来词！来自哪种语言？我不知道它是什么意思。不再知道。我甚至不知道我过去是否知道它是什么意思,不知道如果我当初理解它我理解的会是什么意思。主祷文不请自来。救我们脱离邪恶！阿门。但是如何救？不可以有言之无物的单词？言之无物属于词语的功能吗？忽悠算吗？如果有名无实,我们会满足吗？我拒绝满足。我想让这个词出口海外。把它送进一个外籍军团,那里聚集着一大堆我不再想受其影响的词汇。昔日的错误：没有撵走词语。撵走了词语,才能重塑伊甸园。

32

他常常多嘴多舌。他不知在什么地方冒出这么一句话：只有不由自主的孤独才算孤独。话音刚落，他成了策展人，展览的名称很响亮：孤独，一项欧洲的发明。他还得写一个煽情的宣传折页。他写道：

> 你很孤独，这事你只能对着自己说。除了你，没人知道你孤独。这是孤独的特质。你一切都无所谓，除了你孤独这件事。没什么可抱怨的。你可以尽情地哭。孤独者做什么都可以。没有人比他更自由。他什么都可以做。但只做对自己有益的事情。什么事情对孤独者有益？这必须好好研究。孤独者似乎不长耳朵。不需要音乐。孤独戳破了你

的双眼。你什么也看不见。美丽,更美丽,孤独最美丽!所以幸福得发疯。

但是他为自己写了如下心得:孤独者东看一眼西看一眼,然后死死盯着一个目标,然后失去重心,然后跌倒在地,因无人注意而绝望。没有什么条件比孤独更制约我们的生活能力!孤独是意识形态。

一个人待着就够了。别找任何人。你写到哪句话,就安心待在哪句话里。解雇上下文。

他必须出席展览的开幕式,但不必讲话。各路专家都将发表高论。开幕之前就有不少行家向他道贺:很明显,孤独是众望所归的话题。各个学科都搜集了材料,也准备了展品,但他没有看。开幕式上他必须做喜出望外状,做深受触动状,做欣喜若狂状。这需要做给公众看,尤其要做给摄影师看。

越临近开幕,他就越发忐忑不安。报纸上会如何评论他的展览?在先期报道中,人们越来越频繁地把本次展览称为他的展览。在报上写评论的不会是普通的记者。编辑部肯定已经在和所谓的专家接触。谁是研究孤独的专家?

越临近开幕,他就越发清楚地看见一个前景:开幕之日,就是所有反对他的人的大喜日子。或者说:有些人,即便不是他的对手，更不是他的敌人，当他们看见他作为孤独主题展的策展人出现的时候，必定恍然大悟，明白自己为什么要反对他。迄今为止他们也许还没意识到这点，但现在他是孤独主题展的策展人，现在他们恍然大悟！他们一直对他有看法，现在才清楚为什么。现在有人假冒孤独研究专家！还写了这么一个宣传折页……

某某某一定要来看展，然后撰写评论。这丝毫不令人感到意外。某某某。他们是文化旗手。涉及文化问题的时候，这些旗手主宰着公众舆论。旗手们成为他挥之不去的念头。

不料后果很严重。这么说吧：在临近开幕的一天早晨，他醒来的时候发现自己变成了四方形。他感觉自己从里到外都是四方形。下身有轻微的疼痛，他感觉这是四方形。脑袋里那种接近疼痛的感觉：明显是四方形。四方形是他难受的根源，他感觉越来越令人痛苦。他怀疑自己疑神疑鬼，但又很快做出清醒的判断：他陷入了动弹不得的四方形状态，这不是疑神疑鬼！他体内的每一种痛苦都来自一个产生痛苦的地点或者区域。它们来自肚子、脑子、胸脯甚至脖子。愈演愈烈，使他快要窒息。

他怒气中烧。也把怒气撒向卡夫卡。一个人躺在床上起不来，就被视为害虫，这是何等地荒唐。或者这是一个父亲很有钱的男人，他有资本沉湎于胡思乱想。当然是一条长着几百个细毛腿的害虫。这种东西可以待在床上。世人避之唯恐不及。它可以走向毁灭。它的毁灭令所有人蒙羞！你不一样。你在四方形状态中越陷越深，但是你始终知道自己必须重新站起来，必须走出去。有老婆！有孩子！和平常一样，他们会走进来，让他赶紧起床。他们对他的四方形状态毫无察觉。他躺着不动，他们认为是他一时兴起，甚至偷懒。

喂，喂，起来了，别这样！他们喊道。你是怎么要求孩子的！

他们说得没错。每当哪个孩子声称自己没法起床的时候，他就走进屋里，逼着赖床者起床。B 拒绝起床，也就一个星期之前的事情。她的男友说要来看她。他们计划一起去罗马。她说自己就想躺着不动。哪里不好？她说感觉周身发麻，僵硬，跟僵尸一样。他自然要强迫她起床。这意味着，他必须动手拉她。

最近让 L 起床更加费劲儿。她还在念大学。已经在修第三门专业。快结业了。但是教授们说她学习进度太慢，就这种速度，日后哪能挣到自己所需要的钱。她也越来越瘦。他说她已经瘦得不成人样，她总说他不应该拿她开心。她知道自己脸上还是胖嘟嘟的。

所以现在可以好好教训他，让他想想当初遇到某个孩子赖床不起的时候他是多么地粗暴。他每次都别出心裁地进行恐吓,吓得老婆孩子赶紧起床,赶紧配合。

但这一回他知道:起不了床。他深陷四边形状态而无以自拔。这个讨厌的卡夫卡,搞出一条把人吓跑的害虫!赖床不起算什么本事!这是奢侈的读物!彻底的谎言!在现实世界中:你彻底成了四方形,别人却毫无察觉!认为你是心血来潮!

他知道自己如何变成了四方形。今天上午他终于想明白了。他向四边形迈出第一步,距今已经十七年。事情发生在法兰克福。因为这里是阿多诺的出生地,所以媒体在本地发起一个周年庆典,讨论阿多诺最有名的一句话:*错误的人生里面哪有正确的事情*。他不得不参与讨论,因为他不知在何时何地对这句名言发表过评论。他说,那些津津乐道者可能并不知道这句话是阿多诺针对房屋装修发表的评论。他的确认为,引述者都在说别人,没想到说自己。这句名言源自《最低限度的道德》。接下来的一句话就是:*其实根本就没法居住*。

有人根据一个人家里所挂的窗帘或者所使用的茶杯对其进行评判。他见过这种做法。他也许过于轻率地表示不屑,所以他不得不舌战群儒,反对拿室内陈设大做文章。他的论点是,凡是认为自己是正确的人生而别人是错误的人生的,都把这句话奉为圭臬。个中原因,在于这个句子有一种模糊而消极的能量。但他犯下一个根本和决定性的错误,他未能自律,以一个故事飨食学者们，而这个故事恰恰证明他不是阿多诺专家。

阿多诺我见过三次。他开讲的口气很大。我第一次见到他的时候对他心生怜悯，因为在那天，当恩斯特·布洛赫大着嗓门高谈阔论的时候，基本没有他说话的份儿，他只好用丰富而细腻的表情进行回应，看着就像在大风大浪中沉没的一叶小舟。第二回是在电台，大家用六十年代的话语讨论问题，活动之后我们还想聊天，去了一个高档酒吧，酒吧的墙壁即便不是黑色也是深色，这是为萨特的戏剧《禁闭》提供的完美舞台布景。现在哲学家旁边安排了一个白皮肤的女粉丝，她的头发颜色刺眼，一定是精心设计的结果。大家只好坐在一起抽烟。但是第三回有了相遇的机会。一个大型招待会，所有的房间和楼层都挤满了人。我们的哲学家想顺着楼梯往上走，我也一样。楼梯的每一个台阶都挤满了人，都无法通过。楼梯本来不宽。没到拐角处就堵上了。我们原地不动。我们的哲学家低头看我，我站在下一级阶梯。他的眼神表示走不动了。我可以想象我当时是无所谓在什么地方的。总之，我们被卡在这里。这时哲学家又说：我们得多见面。他如此强调我们，我不免受宠若惊。听起来他是想说：恰好我俩……像我俩这样的……这话听着如此友好，如果我还表示赞同，我就不知天高地厚了。至少我无法把我们多见面作为不言而喻的好事来建议，因为我清楚地感觉到，哪怕现在我都不知道说什么话才能让一个哲学家觉得有意义，虽然我们现在因为挤得水泄不通而走到一起，而团结一心。

他在牧师和哲学家面前非常拘束。

一开始他只是在牧师面前感到拘束。后来，牧师们从他的生活中消失，哲学家们取而代之。粗声大气的方济各教士布洛赫。轻言细语的本笃会教士阿多诺。

所以，听了一句友好的客套话，他也只好默默地站在那里，心里想：多见面?！现在都不知道说什么好。

正如他事后不得不承认的，这番话不会给众人带来什么启发。

在阿多诺的出生地纪念阿多诺，可谓用心良苦。可惜，这种蜻蜓点水、浮光掠影的讲话无助于活动的成功。人们甚至进行莫须有的指责，说他有一种非常可怕的政治化思维方式。

一言九鼎的副刊大咖将文章标题定为：《德国的灾难》。

出现这种情况，要怪你。你把一位伟大的哲学家的至理名言降格到小资品味的水平。第二天早上，他在法兰克福的报纸上读到这些话。他坐在椅子上读报，读完后，他发现自己的双脚再也够不着地面，在空中打转。他让自己从椅子上下来，去浴室，走到镜子前面。他变矮了。他不得不回到床上。然后再次起身去浴室，再次照镜子。没有戏剧性效果。不对，有！或者是他胡思乱想？他再次坐到椅子上。他的鞋尖刚好够着地面。

他幸好一个人坐火车回慕尼黑。没看见任何熟人。也没有被任何熟人看见。

回到家，风平浪静。老婆孩子都没发现他变矮了。

他已做好准备，想把身体的萎缩解释为肌肉疼痛的后果。人的意识也会出现肌肉疼痛！为什么不！

但随后和雷吉娜·封·科里通电话。她是一言九鼎的副刊大咖的同事。她当时就是一个特立独行的女知识分子，无论口头笔头，她都独具特色。她下的判断也总是有情感的阳光照耀。即便是严厉的批判，她也给批判对象留有余地。她的评论不一定导致被评论者自杀。

当初他因为各种事情跟她通过电话。《德国的灾难》见报没几天，她就打来电话。她所说的事情在他这里变成一则轰动性新闻。她说什么都是哈哈大笑。她的意思是，别当真。她电话说的这位同事也没把自己星期一早上进编辑部说的话当真，那是一半玩笑一半吹牛皮。只想让编辑部的人都明白，既然从事的是评头论足的行当，什么匪夷所思的事情都可能碰到，所以他承认，那篇论述德国的灾难的文章让他长高了大约十公分。很明显，这是纯粹的、也许还很庸俗的臆想。当他把自己长高的事情告诉妻子的时候，妻子就笑个不停。雷吉娜·封·科里最后说：每当他在一篇文章里犯了错误，他事后就承认撰写这篇文章不是为了进行判断，而是为了满足一种自我膨胀的欲望。这正是这位天生刚愎自用的同事的又一可爱之处。随后他就请同事们现在别打量他。有自我膨胀的感觉就够了，因为他觉得自己很快就需要大一号的西服。不过，由于一段时间来他的体重一直在增加，他需要大一号西服的理由很充足。说完，他就消失在他的房间里面。众人鼓掌。这又是一出绝妙的演出，它使人不得不喜欢这个刚愎自用者。

他尽其所能地赞同她。她没注意到自己把他带入了什么情绪。

他变矮了。即便他说不出几厘米。在随后的几周里他发现，每当想到那个人，他就会变矮。既然这是过去的事情了，他就可以讲讲后来发生的事情，他就必须讲讲后来发生的事情。

不再想那人是不可能的事情。那人在各种场合出现的频率太高。而且他每次都有这种矮一截的体验。他不得不远走高飞。他接受来自美国的邀请，过去他对这类邀请总是推脱。他离开家人，一趟又一趟地飞美国。那边有不少大学对他寄予厚望。

去了美国就遇到咄咄怪事：只要他在西弗吉尼亚和新罕布什尔州，不管他多么频繁地去想那人，他都不再变矮。更有趣的是：和雷吉娜·封·科里通电话的时候，一开始她总是讲她的同事如何没完没了地谈论长高的话题。她的同事说，既然自己曾大声宣告自己长高了，现在他就觉得自己有义务说一说另外一个现象：一段时间来，他不再增高，而是变矮。后来你的确考虑过是否需要永远留在那边。你在美国待的时间越长，那人就变得越矮小！这难道不是彻底移民的理由！

这些都是十七年前的事情了。离德国越远，他的身高就越稳定，这点无可置疑。但他随后不可避免地要回国！他的身高明显出现萎缩。他发现，他与人说话的时候，对方逐渐增高。难怪他在对话中变矮。他认识到，那个人在起作用。甚至出现这样一种情况：当他独自一人在家伏案工作的时候，他突然发现自己的双脚够不着地面，只能在空中晃荡。几天之后他听说，正是在那一刻，谁谁谁在什么地方对他进行了批判。

幸好他发现自己一夜之间把失去的身高夺了回来。他避免丈量自己的身高。他害怕看见新一轮的身高不稳被量化为几厘米。所以他至今都说不出他的高矮变化体现在几厘米的范围内。他不是自然科学家。如果是一位科学家，自然会尝试寻找这一现象的答案。但他所从事的职业有一个好处，那就是他可以不求甚解地经历和忍受某种事情。而且他老早就知道：无法理解的体验是更加强烈的体验。

好在身高不稳已成为过去！他的稳定性显然比过去有所加强。

现在，当他感觉自己成为四方形的时候，他才想起身高不稳的事情。也许因为那个人又在捣鬼。

孤独展开幕式之前两天，他在办公室里听见有人轻声敲门。已是午夜时分。他正陷入沉思，思索他日日思索的问题：经验如何变成思想。

门缓缓开启，一个女子走进来，说：威廉玛。看他一脸茫然，她又补充道：卡夫卡的妹妹。他不能承认自己不知道卡夫卡有这样一个妹妹，所以他就做出恍然大悟的样子。

来，她说。

他想不出别的话，只能说：昨天阿伽门农来过。

是的，她说，我知道。

现在他拉住她递过来的手，被她牵着走。她带着自己也带着他在黑漆漆的房屋里随意穿梭。这可是他的屋子。他可能不是一个人住，这里还有一个对他和他做的一切都有高度兴趣的女人。这个女人发明的一项职责，就是不让任何人来见他，如果她没法确认本次来访对他好还是不好。现在来了卡夫卡的妹妹，她以暂时无法解释的方式和他一起从艾伦身边走过。

同样清楚的是，只有当自己因为过于虚弱而无力抵抗的时候，才有这样的不速之客。那天夜里他虚弱不堪，他只好听天由命、任其自然。

即将举行的展览开幕式可以随时让他变得惊慌失措。他用一动不动来抵御惊慌失措。他坐在写字台前，把双腿放到台面。这就造成一种印象，仿佛他至少可以永远保持这一坐姿。他得救了，他不再蠢蠢欲动，去做这做那。否则他没法理解他的四方形状态为何日甚一日。所以卡夫卡的妹妹来了，她牵着他的手，摆脱了四方形状态。

现在每个人的眼前自然都浮现出她哥哥的形象。这个我必须予以纠正。她没有瘦削的脸庞，也没有深陷的眼窝和炯炯有神的眼睛。

威廉玛的脸很宽。面颊就像一道广阔的风景。一张不知难堪为何物的嘴巴。而我们知道，她那生性腼腆、永远害羞的哥哥恨不得把自己的嘴巴吃掉。

奇迹中的奇迹：四方形的感觉消逝了。另一方面，既然被卡夫卡的妹妹牵着走，有什么事情能让你觉得奇怪！

在我们这条街与下一条街交叉的地方，威廉玛朝右拐，然后再次右拐，进入提香大街。现在他知道她带他去哪。

您疯了吗，那个人问，而且是半夜三更！您运气好，我的妻子没在家，否则她会训你几句！

很明显，现在他必须解释为何夜半三更来按门铃，把全城最有名的思想家叫出来。

幸好那个人自己把现在非说不可的话说出来了。而且一如既往，语不惊人死不休。这位来访者夜不能寐，他说，因为“孤独，一项欧洲的发明”后天就开幕了，您知道我会写评论。我可能要写几句批评，这是我义不容辞的责任。你为此惩罚我，莫名其妙地进行夜半骚扰。但是我的妻子去尼斯看她妹妹去了，所以我尽量少睡觉，您用打扰我休息来惩罚我的企图已经落空。您必须承认，我们的相遇万变不离其宗：您又有一次失败的体验！这对后天晚上的展览开幕式可不是一个好兆头。如果您有话可说，那就说出来，但是要快，因为跟您长时间地站在昏暗的门洞里可不是什么享受。

那人说起话来就说个没完。这点他应该事先就知道。怜悯加嘲讽也是那人的典型说话风格。

这回您可低估了我！来客心里想。他接着说：尊敬的先生，请原谅。您这样说话，就了无新意。对您本人，对我，都如此。您总是妙语连珠，您习以为常，我也一样。但劳驾您仔细看一看，我可不是一个人。这位年轻女子和我并排站在您的跟前，她是卡夫卡的妹妹，我可以说我深感惊讶。用门铃把您叫出来，以便您认识卡夫卡的妹妹，这种行为可以得到您原谅吧，即便我不要求您表达感激。

说着他朝旁边一闪身，以便把威廉玛介绍给他。

威廉玛·卡夫卡，他说。

又一个奇迹出现了：那人没看见威廉玛。

他以滔滔不绝做回应。他的话不能被打断。

一个人半夜三更到全城最有名的思想者的寓所按门铃，他说，他恐怕没有这么大胆放肆。但如果有卡夫卡的妹妹威廉玛陪同，他就可以鼓起勇气，在夜深人静之时上门打扰。何况是为了让这位全知者开开眼界：除了奥特拉和一个不太知名的妹妹，卡夫卡还有一个妹妹，也就是这个威廉玛。这个夜以继日赫赫有名的大人物假装威廉玛不存在，这纯属其先入之见，他的这一习惯路人皆知。他不知道卡夫卡有这个妹妹，卡夫卡就不可能有这样一个妹妹。他，来访者，承认，现在必须决一雌雄！现在对方拒绝承认卡夫卡有一个叫威廉玛的妹妹存在，这一拒绝会导致来访者再次败下阵来？会迫使他在节节败退之中承认，对方没看见这样一个妹妹，这个妹妹就不存在？承认这点，等于毁灭自身。

不！这是——他在黑夜中高喊——您的问题，完全是您的问题，您披着一身用偏见制作的铠甲，总是只看见自己已知的东西。

然后又小声说：我只能为您感到遗憾。您本应结识卡夫卡的妹妹威廉玛，但是您没有这个本事！

威廉玛，走！

说罢，他和牵着他的威廉玛逃跑回家，让那人站在门口发呆。

当他重新坐到写字台前、把双腿放到台面之后，他在脑子里把刚才发生的事情又过了一遍。奇迹依然存在：为把他从四方形状态中解放出来，卡夫卡把妹妹派了过来！没错，他对害虫有所微词。这全赖卡夫卡，因为他事无巨细地讲述了一个名叫格里戈·萨姆沙的纸上人物的故事。在小说里我们可以对一个人的毁灭津津乐道。如果谁在现实中有此遭遇，那就另当别论。

但是，他赢得那人的好感了吗？如果评论他的展览，那个人会一如既往吗？也就是居高临下进行评判！

你想用卡夫卡的妹妹取悦他，让他对你心生好感，但是没有成功！一切照旧：那个人大权在握，随心所欲。但是：他尝试拉着卡夫卡的妹妹去跟他套近乎，这个他无法怪罪他！这是一次胆大包天的尝试，他想在他们之间创造一种别样的言说方式和存在方式。

但后来的事情出乎预料：因为夜半三更站在门口，那个人得了重感冒,甚至因为肺炎住进了医院。

这一消息使人如释重负。他把百合花给寄到医院里,还附上小心翼翼的问候。包括威廉玛!

后来评论展览的是另外一个人,写得中规中矩,无聊透顶。你这才注意到,若是那人来写,这评论会多么精彩,哪怕他和生活一样不公正。

他最喜欢想象的一个事情:可能只能来自不可能。二者必须是母子关系。不可能生下可能。舍它其谁!

他体验了自我矮化,深知这是一种自我保护的尝试。趋势:反社会。也就是乌托邦,知识分子的头饰。

33

从前有一天。鸟儿们显得惊慌失措。乌鸫发出前所未有的尖叫。一群群的麻雀俯冲到露台,把人们的早餐啄走。乐于见证预兆和奇迹的人们袖手旁观,还四处打电话讲述这里发生的事情。

我昂首挺胸。走向国王广场。

我和宿敌签署了和约。走过大厅的时候,他绊了我一腿。倒地过程中我伸手抓他。他把我接住,哈哈大笑,说他随时准备帮我,特别是当我承认我需要他帮助的时候。

他又是一副高高在上的姿态,他总是高高在上。我总是有求于人。

她来了。在外面。刚刚走到露天台阶。转眼就走上来了。

我知道,如果走下一级台阶去迎接,这将有损我的形象,所以我原地不动,看着她如何轻松地、毫无炫耀意图地走上来。柔软的膝盖引领她的步伐。她拾级而上。

她来到我跟前。我毫不犹豫,抓住她的胳膊就往下走。

赶紧离开这里!宿敌在这!他专门把签约活动安排在这个富丽堂皇的地方。仿佛我们是政府首脑。

拐进一条比较普通的街道之后,我停住脚步。现在我得好好看她一眼。她穿着一件我最喜欢的连衣裙。从银色转换到绿色。每当她穿上这件很贴身的连衣裙的时候,她就叫埃尔维拉。她叫埃尔维拉的时候,我的名字就是奥拓。

从前有一天。

我说过……可能我说过我们应该往森林走。可惜我说的话并不重要。自从她知道我不想成为联邦总统之后,她就觉得我说的一切都不再重要。

但是我们没有走到森林。朋友们挡住了我们的路。他们——男的是医生女的也是医生——想跟我们一起去吃吃喝喝。

不饿不渴也可以去,女医生说。

我问她,这件连衣裙她穿着很好看,可不可以称之为绿色或者银色。

就叫它新潮银绿色吧,她说。

然后对他说:奥拓,快,你赶紧指指路。

他:亲爱的埃尔维拉,别催我。

他们用接吻来结束这小小的不快。

这是一个深情的吻。我称之为除夕之吻。她的舌头完全探入他口中。进去之后却一动不动。显然没有理由把她的舌头再从他嘴里抽出来。

从前有一天。

我从未在同一时间交多个朋友。假如我有了一个朋友,又让我把另外一个人当朋友,我会觉得很奇怪。我交的朋友总是我唯一的朋友。所以,我的朋友叫什么名字我就叫什么名字。难怪埃尔维拉随后跟我的朋友的女友同名。

从前有一天。

我总想生活在完美无缺或者看起来完美无缺的关系之中。不,是完美无缺!整个的世界就是一片实现愿望的田野。

得知我们很快与他们同名,奥拓和埃尔维拉虽然深感意外。但这是意外之喜。我们融为一体。这种事情可以来一回。

从前有一天。

那就不去森林。反正没想法的时候我总是提议去森林。每当不知道去哪里,我就说:去森林。既然如此,就一起去吃吃喝

喝。饥饿鲜花盛开，口渴熠熠生辉。饥饿在导演一场大戏。(饥肠辘辘，口干舌燥，美酒美食近在眼前)

当我讲述我和我的宿敌签署了和约的时候，他们表示感谢。我这才知道，我做了他们早就请求我做的事情。他们知道这事对我多么不易。他们很清楚，我心里带着疙瘩签署了这份协议。他们会消除我心中的疙瘩。直到我彻底心平气和。

尽管前程似锦、光芒万丈，我还是希望我无法相信自己。

但奥拓毫不留情：拜托，别来语言哲学。牢记"不许说谎"的戒律就够了。当你尝试遵守这一戒律的时候，所有可能出现的语言问题都会出现，并得以解决！明白?!

从前有一天。

我们，埃尔维拉和我，感觉很孤独。跟朋友在一起的时候总是这样。

我最后说：生活是一个残片。

埃尔维拉补充说：或者是一个谎言。

我接着说：我们必须尝试过一种没有语言花朵的日子！不要尖着嗓子哄骗自己。拒绝一切从童话里偷来的东西。

我们走了。回家，家里的每一面墙上都写着一行字：

从前有一天，从前瞎扯淡。

34

我不得不违心地去想她，现在她在这里出现了。写作行业有一个迷信：写作有疗效。我想尝试一下，通过写作使她的形象变得模糊，以免她如磷火一般在我心头东走西窜。我这样做，是为了我，不是为了她。我给她取了一个不适合她的名字：莫妮卡。根据我迄今为止的了解，她一点不像莫妮卡。我认识好几个莫妮卡。我把她变成药店店员。她穿着一身最为朴素的白大褂，在鳟鱼药店为顾客服务。只做半天。她不再需要全日制工作。如果必须猜猜她年龄，谁都说：四十多，绝对不到六十。

她给我写过信。有一天，我收到她的一封信。里面有一个造成严重后果的句子：你我的书有一个共同点，这就是各种不幸都有共同的根源。她说得很具体：在她的小说和我的胡思乱想(她这样称呼我的思想实验)当中,人们之所以不幸,是因为他们无力承认自己咎由自取。在她和我的笔下,人们自投罗网,扑向所谓的爱。严格讲,是落入了外貌陷阱。在相识和相恋的过程中,外貌当然比内心的投入更重要。一见钟情!这类愚蠢决定了多少人的命运。你是别人追求的对象,你也追求别人,好得很,美得很,但你随后才知道你追求的是什么人。所有可以体验的认识和失望你都用情感的替代品来掩盖,这些替代品不想与真情实感有所区分。你不允许自己看走眼,你不允许自己遭遇失望,所以你就自我欺骗,哪怕欺骗自己一辈子。这是一个让骗子和受骗者都同样不幸的骗局。

她说在她的小说里这也许不像在我的理论中那么重要,因为她主要通过对性爱的精准描写防止她笔下的人物变得单纯地不幸。她不得不承认自己享受过完整的做爱前戏。我的作品里缺乏肉体享受,或者说肉体享受被各种巧妙的思想活动替代。她很钦佩这些思想活动。但她必须承认,如果涉及两个认为自己是被爱所驱动的人,她的动作描写总是细致又细致。她希望动作所表现的东西超出情感范围,虽然人们声称动作是由情感唤起的。在她笔下,动作具有绝对价值。动机无所谓!她总是从亚洲和法国的春宫图中寻找精神食粮。她总是让她笔下的一对对情侣去翻阅那些美妙无比、令人陶醉的春宫图,让他们如法炮制,把精湛的做爱艺术操练一遍。最后,与其说她美名远扬,不如说臭名昭著。色情文学！这是人们给她贴上的标签。其始作俑者更多的是资产阶级而非基督教文学批评。随它去！描写两个如胶似漆的身体的时候她总是笔酣墨饱。她很倒霉,因为她必须使用一种遭到资产阶级-基督教文化严重扭曲的语言。道貌岸然的文字堆积如山,导致下流语言泛滥。也误导了许多作家,使他们以为凭借几个下流的词汇就可以写一本小说！是的,他们制造了刺激,别的什么也没有。而这正是她要避免的！时下流行的字眼中只有一个在她笔下出现:vögeln！该词的字面意思是像鸟类一样交配,也就是颠鸾倒凤！这是一切相关词汇中最美的一个。她让这个词摆脱下流意味。在她的笔下,颠鸾倒凤是如此地虔诚,如此充满敬意地,如此地昏天黑地。对于她,颠鸾倒凤是性交中的 Allegro con moto①。

据她所知,没有任何其他的一种欧洲语言创造出哪怕是接近德语 vögeln 之优美的词汇。不论是英语的 screw 或是 root 或是 shag,还是法语的 sauter 或是 baiser,还是意大利语的 scopare,都带有粗野的兽性,令她反感。尽管法语的 baiser 因为有双重含义而具有一定的可比性。

---

① 意大利语:活跃的快板。

她从自身经验得知,性交最能体现人兽之别。亚洲和法国的春宫图里面有数不清的例子证明人类的性活动有别于动物的性活动。把春宫图贬低为色情,这纯属阉人的报复。

如果我把这些话理解为她愿意对我施以援手,那就看我是否决定接受她的帮助。

这封信我放了几个星期也没回。最后还是回了。她的收信地址是一个公共邮箱。

她在信中还顺便提到她用笔名写作。等她确信我在任何地方任何时候都不会泄密,她就会把她的笔名告诉我。我答应三缄其口。同时请她把她的笔名告诉我,因为我想找两本书来读。她的信赤裸裸地强迫我变成她的读者。

她来信把笔名透露给我。我买了几本书来看。我现在自信能看懂她的信了。随后我请求会面。会面地点在她的寓所。她领着我穿过屋子,进入花园。

她说她觉得她的花园比她的书重要。

我们面对一个草地斜坡,一块由盛开的雏菊编织的地毯。雏菊的海洋,一望无际,我说。

她:我连年打理花园,把其他花草拔了个精光。雏菊是我最喜欢的花。

这不是花园,我说,这是一个铺着白色地板的绿色大厅。

说着我指向矗立在雏菊苗圃两侧的绿墙，这墙壁由密密麻麻的竹节排列而成，竹节上面冒出尖而长的竹叶。

她走前面，顺着右侧的竹子篱笆往下走。下面没有竹子篱笆，只有灌木篱笆。顺着一条通道穿行灌木篱笆。然后就到了小教堂，一个圣母教堂。一个供奉着圣母雕像的洞穴。

她马上讲起了故事，说，这里的一切都是虔诚的泥瓦匠师傅黑里贝特·施图德从露德①运来的。雕像用露德当地的石材雕刻而成，当地人见到游客就拿这种圣母像来兜售。洞穴里的圣母像照射着柔和的光线，洞穴前面摆着几根教堂里常用的条凳。条凳也来自露德。但是莫妮卡——我继续用这个依然不太合适她的名字——不让我坐下。在我们和面对条凳的洞穴之间，是百花争艳的景观。一个挨一个的花圃在洞穴前面形成半圆，所有的苗圃都对着洞穴。

她领着我走向右面第一个花圃。可以说，每一个花圃都如墓穴一般大小。每一个花圃的四周都镶嵌着透明的玻璃砖。每一个指向洞穴的花圃都是一个鲜花盛开的奇迹。她第一次领着我看这个大自然中的小教堂一定是五月底六月初。右手就是第一个花圃。里面种着火焰一般熊熊燃烧的罂粟花。

---

① 也称卢尔德，法国西南部比利牛斯山山麓的一个小村庄。传说圣母在此十八次显灵，是欧洲最大的天主教信徒朝圣之地。

她：这里盛开的一切，全是我亲手种植的。

醒目的景观：每一个苗圃都插了一根竹节，上面有一个姓名牌。由于面对苗圃的时候人们会想到棺材和坟墓，所以姓名牌就立在十字架矗立的位置。

矗立在火焰一般熊熊燃烧的罂粟花上方的牌子上写着：卡里姆。

为了他的缘故，她学习了阿拉伯语。

然后走到第二个花圃。这里是一片茂密的、盛开的金黄色花朵。

她察觉出我不一窍不通，主动说：金盏花。姓名牌上的名字是：寨英。

她的评论：寨英想跟我走婚。在他的家乡。摩梭人生活的泸沽湖地区，海拔2700米。走婚是当地的一个古老习俗，旨在防止男女双方日久生厌。

在下一个花圃里，孤零零地绽放着一朵玫瑰，姓名牌位于竹节的半高处。

斯特凡，她说。他想把我拉入政治，已婚。

说话间，她已站在下一个花圃前面，自吹自擂的百子莲。

她：马迪亚斯，可惜很疯狂，很快就怀孕了。

说话间，他们来到一个新的花圃，花茎微微弯曲，上面悬挂着色彩柔和的钟形小花。

毛地黄，她说，随后补充：海因，很有文化，很会享受，已婚。

已经穿过了通向圣母洞穴的主路。

对面的第一个花圃，亮得刺眼，几乎成了一片白，只有几片弯曲的、又粗又硬的叶子，中间是一株亭亭玉立的圆锥花，一株白色的凯旋。

凤尾兰，她说。随后补充：塔希尔，来自马格里布。他让我懂得珍惜干面包。

现在是一个接一个盛开着蓝色花朵的花圃。

先是假荆芥。

奥利弗，她说，他想为我发现我自己。

然后是深蓝色：薰衣草。

汤姆，她说。非常可爱，但是已婚。

然后是浅蓝色的、我也认识的矢车菊。

马尔库斯，她说，可以考虑，已婚。

然后是一个没有姓名牌的花圃。一片小花海，这里盛开着千娇百媚的、蓝色和浅蓝色的鲜花。

耧斗菜，她说。现在用不着姓名牌了。

先是一个没有花朵的花圃，爬满了常春藤。常春藤中间窜出好多高矮不一的竹节，所有的竹节上面都清晰地挂着小牌子。

这都是叫不出名字的,她说。来去匆匆,无果而终。我也可以说:尴尬,仓促行事。

让常春藤覆盖一切,这是她从拜罗伊特的瓦格纳墓地得到的启发。

她领着我离开这个大自然中的小教堂,回到上面的房子。她在房前停下脚步。看这草地,她说。刚才是一片白色的地毯。现在刮风了。您看。花草灌木全都弯下腰,它们全部面朝一个方向。雏菊却没有相同的朝向!它们低头,弯腰,甩头,完全不重样。我喜欢这景象。它们在谈论风。谁都说自己比别人更理解风在说什么、做什么。

我们在屋里坐下,一个貌美的姑娘端来茶和甜点。她叫她娜佳。她向娜佳表示感谢,后者说:卡拉,对我不必言谢。她随即几乎动情地补充道:请原谅,ma petite①。

这话听着很滑稽,因为娜佳比她高出一个头。

也是没话找话,我说:在您的小说里,面对小教堂那些名垂千古的男人无一留名。

她看着我,挑起眉毛,拉扯到发际,以此表示她很难相信我竟然发表如此愚蠢的评论。

---

① 法语:我的小丫头。

我赶紧道歉，并且大胆放言：这是他们的真名，您的小说给他们虚构了其他名字。

当然，她说，当然这样！然后斩钉截铁地补充道：咱毕竟是牧师的女儿！

我不止一次地注意到，她在谈话中常常引用司空见惯的熟语。但她擅于妙手回春。

我解释说，我没把她的小说视为色情艺术，因为她总是借助性描写段落出人意料地勾勒出人物的性格。听到这话，她轻声叹息道：这是无可奈何。

我们不必去想象这个女人长什么模样。但有一点我必须让人理解：她给我留下出乎意料的印象。她的信对我指手画脚。我可不想让她诋毁我创作的情色文字。我不能逆来顺受。

如果与人谈话出现冷场，我总认为责任在我，所以我最后纯粹出于礼貌告诉她，她在信中也写了一些令我感到不快的话。描写爱情的时候，我慷慨激昂道，我们的语言总是异常地贫乏，现在我用五彩缤纷的语言纸链克服了这种贫乏。能够欣赏我的语言的，都不是等闲之辈，都证明自身有超强的民事行为能力。底气不足的时候，我总是慷慨激昂。为防止她反驳，我向她提出一个纯属礼节性的问题：您是如何把丰富多彩的亚洲和法国春宫画变成小说文字的？

她说她知道自己笔下的人物都渴望以春宫画人物为榜样，渴望像他们那样做爱。她施以援手，让笔下的人物心想事成。

这听着很容易，做起来却很难，但是她成功了。这是奇迹，也不是奇迹，熟能生巧。她顺便提到最重要的一点：没有笔名，做这种事情不可想象。我不需要笔名什么的，因为我有挡箭牌，我声称自己所描写的一切只是猜测或者说理论。

如果我做进一步的思考，就会得出一个于己不利的结论：我过度虚荣，所以弃用笔名。我的思想，这就是我！我的思想实验，这就是我的露阴癖，尽管她把我的思想实验称为胡思乱想。我希望人们了解我！哪怕其结果对我不利！我也没有一个用于播种自己思想的花园。我进而声称，花园里所生长、所盛开的一切，包括圣母敬拜，只有在女人笔下才能为一种高级色情散文奠定基础。我说这话是为了挽回面子。

我继续忠于自己的胡思乱想。无可奈何者如是说。

不过，如果她没有花园和洞穴，我不会一次又一次地来看她。每次来，我们都顺着右面的竹子篱笆走到下面去看那些由鲜花组成的坟墓。每次来这里，我都深刻地体会到自己是多么地需要花朵。火焰一般燃烧的罂粟花，黄灿灿的金盏花，高挑的玫瑰，自吹自擂的百子莲，显得一往情深的毛地黄，巍峨挺拔的凤尾兰，淡蓝色的假荆芥，优雅高贵的薰衣草，蓝得很纯正的矢车菊。还有蓝色和浅蓝色的耧斗菜。最后，不嫌多的，还有常春藤。

我早就暗地里承认，若论情色艺术，我在这个女人面前甘拜下风。我明确告诉她，我在这方面不可救药。我同时承认，我不时地去找她，纯粹因为这些鲜花。

谢天谢地，她说。考虑到我是一个男人，她刚才还担心我把事情往歪里想，以为她口无遮拦是想勾引我。她让我放心。我不是她喜欢的类型。

她一边说，一边笑，我发现自己若有所失。但是现在不来都不行了。否则我就成了不打自招。所以我不时地去一趟。每次心里都像打碎了五味瓶——我也借用一个现成的说法。

她在最后一次来信中告诉我她在马大-玛利亚医院。就是说，她希望我去看她。我驱车前往。她躺在单人病房。天气晴朗。她盖着薄薄的被单。我没觉得她像病人。也不觉得她是健康人。但我觉得她很高贵。异常高贵。她说：今天我胃口很好。然后生气地说：我不知道为什么！她闭上眼睛，进入睡眠状态。确切讲：进入长眠状态。我不能走。她在薄薄的被单下面呼吸，看得见她的身体轮廓。她醒来了，呼吸的声音更加清晰，看着我。她的嘴在动。她的嘴唇。它们变大了。我发现我的嘴在不由自主地回应她。我的嘴唇。我感觉到它们在胀大。

然后她的嘴对着我不断张大。她逐渐张开的嘴。随后,不仅是我们的嘴巴在彼此呼应。我们的脸也在彼此呼应。它们有这本事。我们的眼睛。眼睛的表达最丰富。其实是眼睛承担了对话角色。从羞耻到无耻。从怀疑到顺从。从害羞到放肆。我们没说话。但并非没有声音。有声音。她发出的声音比我多。其实全是她的声音。一清二楚。还引来一个高潮。她发出一声轻声喊叫。进入长眠状态。又一次。我很乐意等候。当她睁开眼睛的时候,她一脸惊讶。但同时嘲笑自己的惊讶。她让自己的脸来评论我们之间发生的事情。我们现在是两个人,刚才还是一个人。然后我们明显在回顾前一时刻。我终于可以起身了。她举起她的手。我接过她的手。我想起来的时候她没跟我握手。简短的目光交流。既非匆匆一瞥,也非依依不舍。告别时的心照不宣。既非激情澎湃,也非相反。走到门口我再次转身。我缓慢地做了个微微点头的姿势。她,虽然躺着,也是同样的动作。我随即走出了房间。心里想,现在我跟这个卡拉可以亲密无间、可以以“你”相称。

渴望

我希望我们前往

哪里的山谷?

无论如何要远走高飞。

我没再留在自己身边。

我留在你的身边。

本该知道这个地方

并不存在。

随后还是接到她一封信。封中只有一句话:亲爱的,这种事情出现在上等人家。祝好,卡拉。

读着她写的名字,我豁然开朗。她不可能叫莫妮卡。卡拉,没错,这才叫名副其实。

35

我的四周进行着一场无声的战斗。人们以各种方式掩饰自己的怒火。我向所有人道歉,不管我称其为朋友、对手还是敌人。这就像你把一条鱼称为生物,然后你就泰然处之,自以为这是恰如其分的命名。我周围的人都在奋斗,他们想成为自己希望成为的那种人。不管一个人想成为什么样的人,别人会给他制造障碍,甚至不允许他这么做。他每时每刻都感觉事情不能完全成功或者根本成不了。他感觉这个世界就是一切阻力的总和。没有谁能接受这一现实。每个人都找到自己的语言,都采取自己的行动,以克服世人制造的障碍。战斗者坚持几分,世人就退让几分。这种退让就叫希望。

我把进行生存之战的人们划分为朋友、对手、敌人,这是一种病态的自我中心主义。有一点我本应非看清楚不可：每一个研究我的人都只是把我视为实现其自我的机会，以便朝着自己的人生目标前进一小步，而他们的人生目标就是做自己想做的人。他们所关心的从来不是我。每一个研究我的人都是意义供应商。他做的事情跟警察一样，如果你违规停车，他就给你的雨刷器下面塞一张罚单。

我们都忙着在提供意义。谁和我作对，谁的生命就获得一种意义。他制造的意义越多，他就越有理由成为他想成为的人。整个的世界都在疯狂地传递意义。一个人制造的意义越多——譬如通过证明我提供的意义太少或者太虚假，世人就越喜欢他。这个世界缺什么都行，唯独不能缺少意义。

我向所有人道歉，因为我常常错误理解他们的生存之战的意义，还以为他们在说我。我道歉！这样做，则是为了说出下面这句话：

我道歉，所以我存在。

36

我坐着没动,直到其他人全都站起身走出去。如果艾伦和活动主办者从讲台走向出口,就必须从我身边走过。她们至少应该看见空荡荡的大厅里只剩下一个人坐着没动。我发现她们对我视若无睹,于是我站起身大喊一声:艾伦!

她们停下脚步。我从座位走向中间通道,我疾步走去,我本来不想走这么快。她们等我的时候显得很不耐烦。就是说,她们没有转过身来对着我。她们只是扭过头看着我。

我到了她们跟前,急促地介绍自己,随后又双手捧着艾伦的右手,激动地告诉她,她的讲座“生命作为独一无二的重复”令我激动不已。

您真会说话,谢谢您,说着她想继续往前走。

我猝不及防地来了一句：那我也彬彬有礼地使用尊称。祝“您”晚安！

她这才恍然大悟。

对不起，她说。对于我，讲座压倒一切。根据经验，讲座过后我有好长一段时间不具备民事行为能力。

费尔迪南，别生我气！

现在我还不能告诉她我既不叫费尔迪南，也不是费尔迪南。我干脆跟她们一起走。她明显示意我跟她们走。

她先去衣帽间拿她的夹克，她的右手伸到左手的袖口里，把缩进去的衬衣袖子扯下来。这个动作我很熟悉。艾伦的标准动作。

随后进了一家名为弗洛里安的酒馆。跟好几个人喝酒、碰杯。

我很清楚，她把我当成了另外一个人，但是我现在还不能告诉她。她把我忘了。

这最多是十年以前的事情。她来听我的一个讲座。最后我们共度良宵。我们还在一段时间里保持短信联系。然后就没联系了。但是在那个共同的夜晚，我俩都假装我们的相遇不是偶然，而是命运的安排。那个夜晚如何特别，我依然历历在目。所以，我在柏林偶然看见海报之后，立刻驱车前往位于万湖湖畔的柏林文学论坛,去听她的讲座。

我作为费尔迪南跟她们泡了一晚上酒吧。这也只是因为主要是艾伦一个人在说话,其他人只有提供关键词的份儿。有了这些关键词,艾伦说话更来劲儿。

有时候她希望我——费尔迪南——证实她刚刚说的什么事情。我每次都乐意效劳。

艾伦滔滔不绝,我太熟悉了。我每次搞活动之后也这样。虽然筋疲力尽,但毫无顾忌,所以放任自流。

我第一个起身告辞。她以调侃回应。我的朋友费尔迪南总是第一个上床,最后一个起床。

我是作为费尔迪南离开的。我绝不能让事情继续发展,最后不得不再次和艾伦共度良宵。我是费尔迪南。事情肯定会搞得很难堪。譬如,她在所谓的性交中才发现我不是费尔迪南,而是某某某。

回到宾馆,我夜不能寐。我历数几年前我作为费尔迪南的功与过。无论功与过,艾伦都大肆渲染。如果她在游泳池游十圈,费尔迪南就游了二十圈。对吗?

十八圈就够了,我说。

她:二十!但情人节没有一朵小花,对吧?

我道歉。

你道歉的理由不止一个，亲爱的！

我：我知道，艾伦，我知道。

原谅你了，她说。费尔迪南是一个擅于即兴发挥的天才。论别出心裁，谁都赶不上他。一场带来惊喜的海啸！我常常惊诧不已，几乎要窒息。刚到马赛，就坐上他预订的直升机飞圣特罗佩①，躺到一张舒服得让人落泪的床上。

我：你们了解艾伦，她是 Queen of Surprise②。

另外一个补充道：也是 Queen of Exeggeration③。众人鼓掌。

总之，我从这个费尔迪南身上学到许多东西，我终于明白，我的猎艳本事远不如费尔迪南。

尽管我的一些反应非常到位，但是这游戏变得一刻比一刻冒险。

你还记得吗，她大声说道，在拜罗伊特的金锚餐厅，你排除万难，让我们吸上了烟。

很明显，这个费尔迪南到哪儿都排除万难，做禁止做的事情。在这个晚上，可能艾伦逐渐发现我不是真正的费尔迪南。

---

① 位于法国普罗旺斯-阿尔卑斯-蓝色海岸，以富翁的消暑天堂而闻名于世。
② 英语：惊喜女王。
③ 英语：夸大其词的女王。

她肯定已把这个晚上纳入她的演讲话题：生命作为独一无二者的重复。

我情愿忘记这个晚上。

我逐渐清醒地认识到，张冠李戴的闹剧也要归咎于人在公开活动结束之后那种精神状态。这种时候再荒唐的事情都有可能发生。我也发现，这个费尔迪南的事情我听得越多，我就越是妒火中烧。

世上必须有一种权利，一种人权，来保证我们只获悉有助于我们把生活变得可以忍受的事情。如何学习遗忘不可承受的事情？我们只学会了记忆，没有学习遗忘。一堵光溜的白墙——我最后的错觉！由于受到不堪回首的事情的轮番攻击，我对这堵光溜的白墙顶礼膜拜，假装它就是我的意识，假装它是我的唯一和我的一切。当我假装世上只有一堵白墙的时候，上百种清晰的回忆对我进行折磨。我的脑袋受到清晰回忆的残酷折磨，它巴不得自己就是那一堵光溜的白墙。白墙所表达的，是我的无能为力。它揭示了我的悲惨处境，使人看到我在自己的心里没有发言权。在我的内心，一言九鼎的是外界，或者说业已发生的一切。艾伦把我变成了一个费尔迪南，而费尔迪南的本事我一样也没有。我只有羡慕嫉妒恨。这是语言想要的结果，语言是经验的避难所。仿佛我还不够出名、不够成功！但追忆昔日的辉煌却总是白费功夫。历历在目、不请自来的，总是我自身的缺陷。这显然是一种自然而然的思维强制。是一种人类学规范。你天生就或多或少地懂得这些规范。这是源自一种进化的智慧，以便你别第二次犯这样或者那样的错误。可是，这样或者那样的错误你一犯再犯。没有任何进化的迹象。一言九鼎的是一种强制，它使你无法遗忘不可承受的事情。活着变成了全日制工作。

我只是一个回放系统。我脑子里一遍又一遍地回放万万不可犯却偏偏犯下的错误。遗忘，才有活力。

现在呢？箭矢拔出来了，疼痛难忍。痛苦作为存在的升华。

我受难，所以我存在。

37

夜祷

好好待着,好好做梦

戴一条金色的围巾

脚踩冰做的鞋跟儿

说几个

从来不说的词

我想把它们记住

38

每天早晨都遭遇失望。和夜里梦见的事情相比,白天的现实多么无趣。有人请我看火车,两个火车头,一个是黑色的庞然大物,一个是灰色的火车头,块头小一点。两个都喷出白色的蒸汽雾团,它们喷着蒸汽,一前一后向我驶来,却并未离我越来越近。它们已经很近了。而且继续行驶。与我保持同样的近距离。有人告诉我,重要的是观看。也听到观看对象这一说法。这两个神奇的火车头是观看对象,它们离我越来越近,却并不从我面前驶过。这意味着,它们虽然在运动,但并未因此从我身边驶过,然后消逝在远处。这种场景可能在梦中出现:颜色不一的两个火车头,一路驶来,却不会越来越近,然后从你面前驶过。梦中有人把一段文字读给我听,深刻隽永。无与伦比的深刻隽永。如果我还记得，我的上帝，我还是我!!! 可是，我当然不记得了。我只记住那两个越来越近、却永远不会从我面前驶过的火车头。

转眼间我和其他人共处一个洞穴式的房间，地面、屋顶、墙壁都是亮米色。其实根本没有屋顶和墙壁。有一个人躺在睡榻上面，这既不是床，也不是沙发，而是旧时的睡榻。躺着那个人抱着几个色彩鲜艳的小枕头，压在自己脸上。他不想搭理我们。我们，闯入者，非常理解他。我们只想道歉，为我们擅自闯入道歉。我们跑到哪个世纪来了？抱着小枕头那位把双手松开。枕头四散滚落，仿佛很高兴获得自由。他说了点什么。我说不上来他说了什么，但肯定是祝福闯入者的话。没说任何怪罪我们的话。他很高兴我们来了。到他这里来。他一定等了我们好几个世纪。我们和他之间不可以再有哪怕一丝一毫的误会。在随后的一刹那，我们和他心心相印。我们体会到他是多么好客！我们中间谁也没有过这种好客体验。我们每一个人都体验到自己不是唯一有这种体验的人。他和别人分享这种体验，这是他最重要的体验，由于这分享的体验，他的个人体验上升为纯粹的幸福。

随后我坐上飞机。飞机在街上飞驰。我必须防止飞机朝左或者朝右跑偏。我一只手拉一根缰绳。我拉扯左面的缰绳，飞机就向左偏，我拉扯右面的缰绳，飞机就朝右面的马路边开。有一次我朝左边拉扯的时候用力过猛，我们已经在什么地方碰到什么东西了。我朝右边拉扯，但是缰绳融化了，我手里只剩下缰绳的末端。我觉得是我的错，但是我周围的所有人都看到绳子变成了两截。所有人都大声说绝不是我的错！

随后我来到户外，面前是几块菜地，种着西兰花。西兰花却不是绿色，而是黑色。都是硕大的黑色西兰花。每块地里都有一头小象站在西兰花中间。这些晃动着象牙的小象都没有西兰花高。一个显然在地里忙碌的男人说：德国人想这样。我懂了。因为有小象站在西兰花中间，黑色西兰花看着十分可爱。我们德国人想这么干！

随后又和几个从前的熟人在一起。不在室内，也不在露天，在梦里。永远的熟人。不年轻。但也没上年纪。但与其说年老不如说年轻。所有人都急切地想说法语。但是没有一个人是流利的法语。但是每个人都能说出完整的句子。但大家费力说话的样子却使人忍俊不禁。谁说出一个法语句子都会引起哄堂大笑。有一次，一个女人或者说姑娘或者说有着少女气质的女人笑弯了腰。她身穿具有巴伐利亚地方特色的丁斗裙，这既让她美丽风光，也让她大泄春光。地上有一只小小的癞蛤蟆。他手里已经拿着一张餐巾纸。我开车把这小动物送回池塘里去。这话她是用德语说的，说着走了。由于我必须保证不冷场，所以我说：七点前咱们说法语,之后说德语。有一个人说: Ta gueule!![1] 众人大笑。我醒了。我马上想起我在梦中曾想说一句话: 我的嘴巴讲的法语比我多。但是我不知道嘴巴法语怎么说。我不想用俚语。我在辞典里查到了: bouche。对了,当然是: bouche。我还必须查找蛤蟆法语怎么说: crapaud。还有池塘: étang。

我们在梦中为自己还会一点法语而骄傲。这个梦在我心里不可磨灭。白天没有任何事情能够让人如此舒服、舒心。那个女孩没说: 我不知道"蛤蟆"用法语怎么说,我后悔不已。而是立刻采取行动! 哪怕说的是德语。展开营救行动! 太棒了。

我没有那么天真,不会去审问梦的意义。搞所谓的释梦理论,就像是用单斗式挖掘机去抓一只蝴蝶。

只有那个有着少女气质的女人看见了蛤蟆,还营救了它,这就够了! 我很高兴,每天夜里都被送入梦乡,梦里发生的事情比我白天遭遇的事情让我更好受。我总是尝试从梦境里把什么东西抢救到白天,不管抢到什么,它总是向我证明: 梦境和音乐一样不可叙述。但梦境是一种文本音乐。不可翻译。

最近梦见和几个人聊伊丽莎白·施泰纳特。我对人说: 她一年四季都穿夏季连衣裙。叫这个名字的人我根本不认识!

---

① 法语: 闭嘴。

39

你在现实中多渺小,你就感觉自己多渺小。做到这点,你就可以洋洋得意。

40

我不得不开车去一趟。在那里,从主干道分出一条小马路或者支路,通向坡上的森林边缘。我没法想象这是怎么回事,没法细想:总之,我驱车前往,拐到小路上,开到坡上的森林边缘,把车停下,下车,心里美滋滋的,因为我可以又一次得知想知道的事情了。那个地方在我的生活中一度非常重要。所以需要再一次看看这个地方,仔细查看。现在我满足了。我的内心里没有任何声音再来反复劝告我:还是开车去一趟吧。

我忐忑不安。我的意识中有更为复杂的诱因。有一次我想通了,打算不再怪罪任何人。我逐一审查责怪他人的理由,我对一条又一条的理由进行了否定。要么是我觉得可以责怪的人都已死去,毕竟死者为大①……要么是我在经过一番思索后,诚心诚意地与人冰释前嫌。

有一个人例外。我再次回忆了事情的经过。我们在一家挤得水泄不通的酒馆里聚会,一共五个或者六个人。我们一边喝酒,一边谈天说地。其间也说到国务秘书哈尔施泰德。事后有人指责我,原因是我说了一句我不想穿他的裤子。当时就有人问这话什么意思。据说我的回答是:既然哈尔施泰德是一个傻×同性恋,这还能有别的什么意思。这话传到了国务秘书耳朵里,他起诉我。公开侮辱罪。在场有五个或者六个人,四个都说自己不记得谁说了这话。说这话是有可能的。谁说的就不知道了。只有一个人,也就是某某某(我不想再提或者再写或者再想他的名字),只有他什么都还记得。出庭作证前他对法庭宣誓。我拒绝做无罪宣誓,因为我原则上不做任何宣誓。在那天聚会的人里面,某某某是我唯一的朋友。他在哪儿都是我唯一的朋友。多少年都如此。凡是好朋友一起做、一起体验的事情,我们都一起做过,一起体验过。从冒险的登山旅行到悠闲的美国自驾游——我们驾车从波士顿到圣地亚哥再返回波士顿。起诉书下达之后,我被迫追忆了我们共同度过的时光。我感到

---

① 原文是拉丁语:de mortuis nihil nisi bene。

不安。我越是回忆,就越清楚地意识到我对某某某其实不了解。我们相遇至少有二十年了,我们一见面就彼此怀有好感。很明显,我俩都是见面熟的性格。熟得太快了。我们仿佛是一见钟情,然后直奔民政局。我们的友谊没有发展。而是停留在热烈的开端。大难当头,我才清楚地意识到这一点。他留在我脑子里的话我现在一一回味。我发现,那些话都是头脑发热的产物。都源于我们的气质,源于我们的愉快心情。我们从未有过推心置腹的交谈,从未有过看法一致或者不一致的体验,也从未就我们的分歧交换意见。一见面就是拥抱,但从未四目相对地紧紧握手。我们的友谊由一个个热情冲动的瞬间打造而成,我们无所奢求。我们是朋友。我们被视为朋友。我们是众人眼里的朋友,这一事实让我们的友谊充满活力。我们感觉良好。法庭审理的时候,某某某强调,对朋友做这样的事情是多么地不容易。但既然酒馆里的人可能都听见了国务秘书哈尔施泰德如何遭受诋毁,他别无选择,只能对不住朋友。他接着补充道:昔日的朋友。原因是……等等。

我接受惩罚。我说过,我不欣赏这个国务秘书,但是我没法想象我会以上述方式辱骂他。总之,我没有提出上诉。我现在有前科了。前科不是问题。但某某某是个问题。

我回顾了我的一生,排除了所有怪罪他人的诱因。不存在怪罪人的理由。如果我想继续生活而不对任何人进行责备，我就必须原谅某某某。我把我们相处的历史梳理了一遍。不放过任何细节。一无所获。但我想过上没有责备的日子。某某某使我无法遂愿。我无法令自己释怀。宗教、哲学、心理学都不管用。我喜欢他的热情奔放。喜欢他的气质。我认为他的表现全是真情流露。我总觉得我对他比他对我热情。我常常热情洋溢地向他表示，能够把他称为我的朋友，我深感荣幸。我喜欢提及他是我唯一的朋友这一事实，但我总是轻描淡写，完全没有攀比的意思。我的意思很清楚，我并不期待他把我当唯一的朋友，我天生跟他不一样，这种差异使我们的友谊非常有趣，并且充满生机。他哈哈大笑！还表示赞同。他赞同他人的本事无与伦比。无论事前事后，谁也没像某某某那样对我表示彻底赞同。后来就出了上面说的事情。

后来他让一个熟人转告我：现在我让他彻底失望了。原因是我在法庭的表现。当时有人问：假设我侮辱了国务秘书，我是否收回自己的话？我的回答是：没说过的话我无法收回。对方又问：但假设您说了，您会收回吗？我又回答说：没说过的话我无法收回。他让人告诉我，这让他很失望。如果我理性点，判决结果肯定会对我有利一些。但我冥顽不化，选择了惩罚，没有选择理性。

这就是某某某。我什么都怪他。同时我怪自己没有看清楚他的真实面目。我知道,如果我老想怪罪他,我会一直焦躁不安。后来我的确焦躁不安。

41

听说我的日子很美,却不对我产生敌意,这种人我一个也没见过。

42

光溜的白墙上面出现一段文字。我不得不看看是什么内容。

你不是病死的,你是死于别人对你的伤害。你的病是有一个女人或者男人伤害你的结果。你的疾病被冠以名称,旨在掩盖你的真实死因。有一些杀害对方的男女。癌症或者心肌梗塞,这都是形象语言,旨在把正在发生的事情变得令人遗憾。

这堵光溜的白墙明显有了告示功能,专门发布我不会感兴趣的通知。我可不是尼布甲尼撒。所以我不再需要这堵白墙。我让人贴上了墙纸。除了斜杠,墙纸上没有任何图案。我无法阻止这些竖杠偏斜。看着墙纸的时候,我听见没头没尾的音乐。我想入非非,认为这至少是纯音乐。

43

非理性。我晃然大悟。这个词是理性总管的发明。理性总管说话粗声大气，走路昂首阔步，因为他有满满的自信，有强烈的自我意识。

理性是他的旗帜。他的信条。他的存在，他所做的一切，都是理性。他是理性的大元帅，是理性的国王。现在他还需要一个词，用来形容他所排斥、他所蔑视的一切。于是，兼任语言总管的他，做出一项决定：与我不同的一切，都是非理性。他的话让人如获至宝，这个恶词便很快进入德语。由于欧洲是一个独一无二的平行世界，我们的邻居也纷纷造出各自的恶词。法语是 déraison，英语是 unreasonableness，意大利语是 irragionevolezza。即便是最美的意大利语也不得不造出这个语言怪物。

Irragionevolezza！这个词指代什么，又讨伐什么，这很快就真相大白。

我的内心蠢蠢欲动，想为被这个词抹黑的一切平反。但是用哪个词？

44

我的思想是一只听话的动物。这话我总是大声地说,我希望这所谓的动物听见我说话,同时要听我的话。

如果把我的思想称为听话的动物,它们还真是名不副实。我不是我的思想的主人。它们有自己的生活。我想思考的事情,我思考不了。我思考的事情,我总是偶然听到。我一而再再而三地被迫抵抗我的思想。套用政治术语,我的思想就是反对党。严格讲,它们从未支持我。假设问它们,它们肯定会说:我们怎么可能支持你!我反对什么,我的思想就支持什么。尽管如此,它们是我的思想。我的思想也为海外利益服务,它们捍卫这些利益,以防受到我的侵害。而且是为我好!它们一而再再而三地排除我的阻力,推行海外利益,就是说,我服从或者强迫自己服从他人的利益。它们要我把海外利益认作自身利益。后来我是这么做的。感觉很不舒服,但是我被说动了,我的思想强迫我这么做。

我们有许多共患难的经历,我的思想和我。如果我认为必须自杀,我的思想就会反对。我的思想对我循循善诱,让我明白好死不如赖活的道理。

我的思想和我之间也有不争吵、无分歧的时候或者瞬间。在这种时候,我们意见一致。还携手行动!大干快上!事成后,如果对事情进行评判,我们又会出现分歧。多数情况下我赞同我们所做的事情。我觉得很成功的事情,我的思想却难以苟同,更谈不上满意。

如果我不由自主地说,如果我只能不由自主地说:希望之光在偏远地区熄灭,我话音未落我就知道,我的思想们要冒出一个句子:必须如此!

我马上回应:希望是我的木马,它自始至终驼着我,穿越沙漠,只有当天堂浮现在地平线时,它才把我扔下。

我的思想回应说:真理是……

……廉价的,我粗暴地喊道,我别无选择,只能继续说,而且是提高嗓门儿,不容分说:在我的耕地上生长着骗人的花朵。

我的思想同样粗暴地说:真理是昂贵的。

然后我俩异口同声：需要付出生命的代价。

沉默片刻，我：它可以这样。

现在谁也不说话了。

我的思想不止一次告诉我，它们必须保证我具有民事行为能力。我担心它们做到了。

45

一个你很了解的人,只因为他死了,你就想象他是死人,这么做很困难。

46

有人牵着你的手,带你去什么地方,你并不知道那是你朝思暮想的地方。你依然离不开童话。你从小就被童话惯坏。你死不改悔,天天期盼童话般的人生经历和美好结局。人生就是失望。人生就是屡教不改。

平淡无奇的归纳总结!一个小苍蝇盯上了我的啤酒,酒在细瘦如试管的科隆啤酒杯里。它对吃的不感兴趣,它只要我喝的。一不留神,它就降落到杯口,顺着杯子内壁往下爬。我欣然投降,啤酒归它。我又要了一杯。司空见惯的童话!

事情发生在乌得勒支开庭的头一天。假设乌得勒支有一所天主教大学,有了天主教大学,就有如下事情发生:3 号轨道和 7 号轨道共享一个站台,站台上有一个小小的候车室,跟半截车厢一般大小,但完全由玻璃或者说有机玻璃建造而成,只有一个窄面是红色的金属。除了我,塑料候车条凳上坐着两个男人,一个无疑是让-保罗·萨特。大家坐在这里,透过玻璃墙看火车进站、出站。火车的声音我们听得一清二楚。火车的重量让站台震颤,坐在凳子上也能感受到。萨特在看列车时刻表。假如我的法语好,我就跟萨特搭话了。不,不对,法语好我也不会那么做。萨特不想被打扰。他为什么要坐在乌得勒支的3号轨道和7号轨道之间的站台上。所以,我没找他说话。但是我被他的在场深深地吸引,所以,我决定静静地观察他。我本应搭乘的列车已驶离车站。我眼前有萨特可看,阿姆斯特丹有什么可看?我看着他。他在看时刻表,所以我可以这么做。他的膀胱不痛了。变得越来越紧绷的痛苦表情舒张开来。膀胱的疼痛在他脸上留下的线条还清晰可见。但他已经不疼了。痛苦消除后,人就是这样的坐姿。赏心悦目。学者萨特比以往任何时候都好看。在经历并克服痛苦之后,人会变得好看。我们的面部表情经历了去个性化。经历了普遍化。达·芬奇把这种变化画在了蒙娜丽莎的脸上。我在护士劳拉那里见过。

外面有喊声,有哨声,火车发出震耳欲聋的吼音,萨特在屋里阅读小小的列车时刻表,却没有翻篇。但他在认真阅读。刚才我看见了。现在大家都能看见。他的嘴唇在蠕动。阅读首先需要嘴唇表演。它们把我们读到的文字拼写出来。阅读掀起的洪流止于双唇。它们必须吸收一切,忍受一切。它们颤抖,拼写,祈祷。它们至少想嘟哝点什么。这是萨特的情况。我不敢坐到他的近旁,虽然我想看看时刻表的哪一页如此吸引他。这个信息将有助于加深我对萨特的理解。巴黎—华沙?我不信。科隆—奥伊斯基兴—萨尔布吕肯[①]……?也许是乌得勒支—豪达—福尔堡[②]?这最有可能。毕竟我们人在乌得勒支。从乌得勒支去福尔堡比去华沙的可能大。车站广播在尖着嗓子播报,他既不欣赏车站广播,也不厌烦车站广播。在这个事情上面他同样超脱。我困了。天啦天。如果我睡着了,一觉醒来他就走了!一切都化为泡影。我必须强迫自己保持清醒。但是用什么方式?我突然感觉自己累得要死,也许都不想活了。这个值得敬佩的男人轻松潇洒地坐在塑料候车条凳上,毫无倦意。我感觉自己支撑不了十分钟。上周太累了。在波恩,在科隆,在杜塞尔多夫。

在我们的玻璃罩子外面,有一个穿带帽风衣的年轻人在支三脚架。也许这能撵走我的睡意。他在做什么?他在三脚架上旋转安装相机。他的镜头对着前方,他的视线越过 7 号轨道和对面的 8 号轨道的 a 段,对准前方一个同样带候车亭的站台。

---

① 均为德国城市。
② 均为荷兰城市。

构图的确很美。几根笔直的钢梁，霓虹灯，灯箱下面坐着四个人，背靠塑料靠背椅，四个坐着的身影，对于他们，霓虹灯没有任何照明作用。刚才我自己坐在这玻璃盒子里面根本没有注意到这点。但现在我也注意到我们这边是同样的情况：我们是黑色的、光线穿不透的人影。对面的玻璃广告箱顶上有一行字在滑动：drink pepsi cola①。这下我明白那个年轻人想做什么了。我突然少了许多倦意。出去找他吧，建议他去对面的站台，把三脚架支在对面，然后朝这边拍照。我们的有机玻璃顶罩上面肯定滑动着同样一句口号。但是我们这面可以让萨特进入画面。有萨特在上面，这张广告就值钱了。像萨特这样的人，喝饮料肯定很挑剔，但他恰恰为百事可乐打广告！但我本性难移，放弃了自己想做的事情。我坐着没动。

我马上自食其果。压制自身愿望是一件很费力气的事情。是一件重体力活。疲倦瞅准时机，果断突袭。但我还是很固执。我不想放弃萨特。我想继续坐在这里，直到他起身，也许被人接走，管他什么原因。我想知道这一切。但是我不会坚持到底。随着时间一秒一秒地过去，我的眼皮逐渐合拢。势不可挡。如果我现在手握方向盘，汽车就会朝右跑偏。我成功地将沉甸甸的眼皮

---

① 英语：请品尝百事可乐。

一次又一次地拉扯上去。萨特依然坐在那里。但是,我还能成功地把眼皮拉扯几次?我感觉疼。周身疼,脖子疼,顺着脊椎往下走。疲惫型疼痛。如果不想失去萨特,我必须找到别的办法。我早就知道怎么做。但我终究没有得到答案,因为又困又乏。但是,我随后还是成功了——我不屈不挠。就是说,我必须赞美我的双手。它们完全独立行事。真的,我没有参与,可以说没有责任。双手受过训练的,就有这福气。训练过的手总是参与一切,它们绝非单纯执行指令的工具。现在这双手甚至成为我唯一的本体中心。重大事情、正确的事情都在这里发生,都通过我的双手发生。它们从我兜里掏出一把水果刀,刀刃磨得跟剃须刀一样锋利。弹开刀刃,右手握刀,刀锋往左手的动脉深深地一扎。如果我还需要确认自己动作很到位,年轻的摄影师会加以确认。我坐在汩汩流淌的鲜血当中,我依然神志清醒,因为有剧烈的疼痛。摄影师突然在三脚架上旋转镜头,并且跳到另一边,他可能还使用了广角镜头,然后噼里啪啦连拍。我还骄傲地朝萨特看。他甚至站了起来。举起双手。表示赞同!赞同我!然后四周变黑了。近在眼前的感觉越来越强烈。毫不间断。

我忠实地报道了所发生的一切。这是奇迹还是童话?这取决于乌得勒支是不是一所天主教大学。如果乌得勒支有一所天主教大学,这就是一个奇迹。否则这只是一则童话。

47

我在抛接三个球,一个水红色,一个蓝色,一个黑色。我知道,如果停止抛球,球会掉在地上,我也将随之倒地。不抛接球,我无法忍受人生。另一方面我很清楚,抛接游戏不可能永远进行下去。我早就周身酸痛了。但我依然满怀希望。希望什么?希望有人向我抛来第四个球,而且扔得如此漂亮,以便我可以让其他三个球落地。我渴望玩抛球游戏。舒舒服服地玩,没完没了地玩。许多迹象表明,用不了多久,我就会让三球落地,我本人也随之倒地。

48

他拉低帽檐，竖起大衣衣领，朝门外走去。但他没有奔跑的意思，没有任何有失体面的匆忙和慌张，他大步流星，无问西东。沿途人山人海。仿佛在对他夹道欢迎。这是一个突如其来的想法，他没当真。望不到头的步行街。他马上想起一句名言：我在这里是个人，我有来去自由的权利。或者应该说：我在这里是个人，我在这里有做人的权利[①]?！他更喜欢后一种表述。

他毫不迟疑地选择了方向。他感觉整个民族都在与他同行。这个想法也不能当真。但他为何如此毅然决然！他的真切体验使然！现在他是走到哪里就和哪里打成一片。

① 语出歌德的《浮士德》第一部，城门前。

这不是傍晚，不是深夜。但也不是白天。就是一个绝对的钟点。他不是不速之客。他是人群中的一员。人们是否知道这点并不重要。他对自己的集体身份有着坚如磐石的信仰。国家公民，他心里想，同时嘟嘟嘴，仿佛有人在恭维他。他是集体的一员，这是最最重要的事情。不要讨论，不要理论，不要话语体系。他大步流星，迈着坚定的步伐，无丝毫的慌乱。无与伦比的稳健步伐。

他丝毫不慌乱。也丝毫不难堪。他是集体的一员。很明显，他之前并非总是集体的一员，否则他现在不会因为找到集体而心潮澎湃。我是国家的一员，他心里想。同时做了个鬼脸。现在他无所不能！他不累，不出汗，也不觉得冷，他大步前行，脚下生风，心中充满集体的豪迈，现在他可是国家公民。国民，这是多么响亮的词汇！一个凯旋的词汇！拜托，如果他此前是集体的一员，他现在就不会因为成为集体或者国家的一员而心潮澎湃。这点毫无疑问。这之前他一定深感缺憾，一定缺乏集体归属或者国籍。当然是一个由历史造成的缺憾。生命启航！一个绝对的时刻！这突如其来的感觉！恰恰是历史缺憾产生的结果。出门的时候，他扯低帽檐，竖起大衣衣领，然后大步前行。在那一刻，他还一无所知。的确如此。这是生命启航。外表从容不迫，内心欢呼雀跃。他感觉自己脚下生风、精神抖擞。

他给人留下什么印象并不重要。但是人们在夹道围观,这一定跟他的大步行走有关。而且他竟然不必知道自己走向何方,不必知道走多久！他还从未有过脚下生风的体验。不紧不慢,他的行走方式令周遭刮目相看！亲爱的,你们看看！你们好好看看!

他对自己来了一声“嘘!”别忘乎所以！你可以大踏步前行,无人挡道。你可以享受这种光景。众人夹道围观,这是你臆想的画面。一切照旧。只有你例外。你一次又一次地生命启航。你有了前所未有的集体归属感。真新鲜。街上,广场上,有过这么多的人吗？你是国家公民！你是德国公民,这并不重要。但也并非不重要。老实承认吧。你在体会做国家公民而且是德国公民的感受。你津津有味。每个人都有国籍。每个人都属于某个集体。不属于任何集体的人,是怪物。做鬼脸好了!

假如夹道围观者现在为他鼓掌喝彩,他会羞愧难当,无地自容。幸好这些人一如既往地自顾不暇。他们也是德国国籍。所有人！去！去！去！别想那么多！但是你为什么想禁止自己思考？你还从未如此理直气壮地向前思考、向前行进。

这使他变得一身轻松。前所未有地轻松。没有问题。没有目标。没有痛苦。没有重力。

他把帽子戴正。把大衣衣领放下一半,这够了。干吗不和朝你这边看的人交换目光！他现在的确一边穿越人丛，一边左顾右盼。他依然不清楚这些人是否注意到他。没有什么比这更加无关紧要。他属于这个群体。你和谁交换了眼神，你就和谁建立了联系。突然想起一个有害的说法：与民同乐。随后他停下脚步，他很幸运，马上有人拥抱他，他立刻以拥抱回应。

他不知道自己是如何回家的。他躺在床上。他没法脱衣服。他当然知道微笑的时候脸上什么感觉。如果他想体验自己的微笑，他不必看镜子。他知道微笑起来脸上什么感觉。他躺在床上，感受自己先前如何感受自己的生命启航，再次感受在街上的人群中穿行时所经历的一切。他感觉自己的脸上荡漾着微笑。

第二天的报纸报道了街上发生的事情。报上写的，跟真实发生的事情一模一样。他读了一遍又一遍。他的生命启航，他的集体归属，他的国籍，这一切都在报纸上读到了。他把报道剪下来，钉到墙上，以便他想看自己的集体身份的时候随时可以看到。过去发生的事情他还历历在目，但现在读报的感觉又有所不同。在报纸进行报道之后，他的集体归属感比自己在大街上所体会的时候更为强烈。登报之后，他的国籍也有了另外一层意义。历史转折，他心里想。然后做了个鬼脸。所以，他想，所以。

49

我喝了酒，在单行道上逆行，撞坏一辆保时捷，警察来了。谁开的车？妻子马上说：我。如果我的丈夫现在说是他开的，那是他想顶包，好心而已。贝尔特，千万别，这么做没有必要。我自己闯的祸，当然可以自己担起责任。我没有反驳。

罚一万欧，驾照扣六个月。她利用这六个月的时间考取了直升机驾照。后来她说，她知道，如果我非滑雪不可，总有一天我需要营救。随后，在四月份的一次倒春寒中，我就出了事。在瑞士的格劳宾登，海拔 2700 米。我偏离了滑道，摔倒在地，无法前行。我用手机找到她。问她能否马上通知滑雪管理处。我描述了我滑雪和摔倒的位置。很快，不仅来了雪山搜寻队，她也来了。架着直升机。从库尔过来。直升机出租公司的一位雇员一同赶到。那人带着滑雪用具,想利用这个机会滑一次雪。他滑雪去了,她把我拉进直升机,起飞。我的痛苦几乎消失,这是一次美妙的飞行,我们越过森林,往山下飞,抵达莱茵河,然后顺着莱茵河飞出山谷,等候在库尔的救护车把我送到了医院。幸好没有骨折,但腿上必须上夹板。现在她才承认她为何考了飞行员驾照。啊,梅姆勒,她说。我说:啊,米西。我们相互取名是从梅姆勒和米西开始的。我们拿名字做游戏,我是奥拓,她是埃尔维拉,我是卡罗,她是艾尔芙。我是贝尔特,她是克丽丝。这两个名字我们保留至今。

50

最后的感知

曾经有个女人。她现在还在。名字：我的妻子。既往病史：她进入了一个不同的或者更为高级的世界。不，说错了，或者说这是谎言。她变成了天使，这个没错。但却是一个不折不扣的人间天使。不，这又是来自另一种语言的词汇。必须说：一个道地的人间天使。

我们的思想史上产生了许多高大上的词汇，慈悲则是最显高大上的词汇之一。但是如果不是有了亲身经验，我会认为它属于业已消失的高大上词汇。因为我成了一个被施以慈悲的人。非常具体。就是慈悲这个词。突然之间，我仿佛被转移到新的气候带,这里四季如春。一开始只有通体舒畅的感觉。说温暖不足以表达我的感受。当慈悲向你抛洒光芒、给你带来温暖的时候,既不能说你深受感动,也不好说你深受触动。但是,说抛洒也不对,因为慈悲本身并非行动主体,它只是客体,是通报给你的内容。但却用的这个不要布景的词。在这个女人这里不需要。

我尝试理解我自己遭遇的事情。我明白了一个道理:爱这个词不能用了。爱是相互的,也许还是一个划算的情感交易。慈悲是单行道。一个宛若天堂的单行道。别人把慈悲当礼物送你,却不问你是否应该、是否有资格得到这个礼物。我的感觉清楚地告诉我,慈悲是一个人对另一个人的无私馈赠。我逐渐认识到,我的生命中还从未有人对我慈悲。你知道爱也绝不是无私的,现在你对此深有感受。你体会到有人对你无所顾忌地进行馈赠,体会到慈悲不仅是一个传说之物,而且是一种独一无二的清晰感觉。这让我既难堪,又无助。我无法做出反应。太可笑了,你竟然感谢你的妻子对你表示慈悲,把慈悲作为馈赠给你。所有习惯性的反应方式都不予以考虑,因为慈悲是一种新生事物。但既然是新生事物,你自然不知道如何应对。我感到无助,但是不觉得紧张。面对慈悲,我们逆来顺受。也许这清楚地证明了这个词享有崇高的地位。你的世界是先立业,后立身。只要有人对你表示慈悲,你的世界就不复存在。

对于影响,我就不多说了。于己考虑,少说为佳。但我想承认而且不得不承认两点:第一,我清楚地感觉到这个让我几乎已不再认识的词汇被召回了;第二,我体会到一种影响,它必定来自一个有着神奇效果的丰富传统。

51

我不想跟自己走散了。每个人都吊着自己不放。我也一样。为了实现永垂不朽,人们建功立业。我无法证明自己有资格吊着自己不放。我只是不想跟自己走散罢了。我吊着自己不放。我无法证明我有资格这么做。形形色色的成功人士有权吊着自己不放,他们用一桩又一桩的闪光事迹向我(或者我们)证明这点。他们所做的事情,绝对光辉照人。他们的所作所为,都是在赞美自身、讴歌自身。我们吊着自己不放,却无法证明自己有资格这么做,所以我们组成一支回音歌队,成功人士的雄壮音乐在我们这里荡然回响。我们有时出于自愿,因为我们喜欢这么做,有时却是单纯尽义务。尽义务的时候我们硬着头皮、咬紧牙关。

我不想跟自己走散,这实为幸事。我感觉到一股幸福的暖流。我突然发现自己无缘无故地不跟自己走散。因为我是日出和日落。我是天之骄子,地之宠儿。我是世界的最核心。我无处不在。我在每一朵鲜花中盛开。我随着每一只鸟儿引亢高歌。我是狂风暴雨。我是万籁俱寂。我不可数,也无法称重量。我存在。

我存在,所以我存在。

52

和平庆祝会，但是很快

决定性不可替代，

如果它缺失。你几乎学不到任何东西。

你出发，没人告诉你

去哪。假如所有的汽车突然之间

像是奔向同一个地方。幼稚的愿望。

终于只用双臂拥抱，包括

下套的，下绊子的。嘴巴

不干别的，只管亲吻。双手

只管抚摸。它们从不适合做拳头。如果

我不变得小心谨慎。我察觉出,自己
多么缺乏荷尔德林的勇气。我太不擅长猖狂。
我对好多的阵营不感兴趣,
因为
他们自以为是,我几乎已成罪犯。
拥抱,
抚摸,亲吻,但不分对象。所有下套的,
下绊子的,无端怀疑的。拥抱的时候
我不嫌弃任何人。
进行甄别,我不够瞎眼。我
因赞同而美丽,就像
每一个人。我要参加
和平庆典,告诉我在哪里。

存在的,应该存在。我,友善的回音。看不到
希望
看到很多的爱。没有人见人爱
鲁滨孙是一个
保护神。我迷失了方向,希望
被人发现,在我最喜欢的地方。

译　后　记

读者现在翻开的这本小说，原书出版于 2017 年 1 月。

小说的标题——Statt etwas oder Der letzte Rank——就看得普通的德文读者直眨眼睛。Statt etwas，直译是"取代某物"，所以我们译为"取而代之"或者"避而不谈"；oder 意为"或者"、"抑或"；Der letzte Rank 属于生僻词汇，所以，小说的献词页上有作者特意从格林兄弟编纂的最权威的《德语大词典》搬来的释义：这是狩猎术语，指的是让猎物最终摆脱猎者的一次闪弯。

看见这一释义，读者的眼前多半会浮现出譬如细狗撵野兔或者豹子追羚羊的画面：在一片辽阔的原野，捕猎者对猎物穷追不舍，并逐渐接近后者。这时，命悬一线的猎物突然来一个让猎者始料不及的闪弯。结果，一方望尘莫及，灰头土脸，一方逃之夭夭,得意洋洋。拜拜了,亲爱的细狗,亲爱的豹子。

据此,我们可以将其译为“逃之夭夭”。

1

这本篇幅不大的小说,是瓦尔泽的一部生命之书。它浓缩了瓦尔泽思想和人生的精华。逃之夭夭,这是年近九旬的瓦尔泽(1927 年 3 月 24 日生)为自己发现的生命隐喻。这本书所讲述的,就是逃离的故事。瓦尔泽要逃避的对象很多,但主要有三个: 一是批评,二是政治,三是爱情。

为什么要逃避文学批评?

瓦尔泽与文学批评家,可谓生死冤家。书中反复提到的“敌人和对手”,指的就是批评家。而他的头号敌人,恰恰是德国文坛名气最大、人气最旺、同时最令人生畏的评论家马塞尔 · 赖希-拉尼茨基,人称“文学教皇”。“文学教皇”一次又一次地对瓦尔泽进行残酷斗争、无情打击。最骇人听闻的一次发生在 1976 年 3 月 27 日。这一天,德国最大的报纸《法兰克福汇报》发表了时任该报文学部主任的赖希-拉尼茨基对瓦尔泽新作《爱的彼岸》的评论文章。文章开篇就写道:“一本轻如鸿毛、糟糕透顶、惨不忍睹的小说。不值得读,哪怕就读一章一页。”这篇评论从头到尾都是刀刀见血的语言。赖希-拉尼茨基恨不得把瓦尔泽逐出文学王国,所以这篇檄文还题为“文学的彼岸”。瓦尔泽陷入愤懑和抑郁,他为此看过心理医生,后者表示爱莫能助,请他自行消化。赖希-拉尼茨基还成为他的梦魇和挥之不去的痛苦回忆。他自述在梦中不止一次被赖希-拉尼茨基追撵;2008 年,虽然事情已过三十多年,当笔者在瓦老跟前提及这段历史的时候,坐在沙发上的他竟下意识地攥起了拳头……

当然,作家也不是吃素的。必要时他们可以来点批评的批评。瓦尔泽就是反批评的高手。早在 1962 年,瓦尔泽就根据自己在四七社的观察和感受写了一封《给一位初出茅庐的青年作家的信》,对包括赖希-拉尼茨基在内的几个称霸四七社的批评家进行了妙趣横生、淋漓尽致的调侃和讽刺(四七社既是新作博览会又是作家批斗会);1977 年,瓦尔泽撰写了《论教皇们》一文,对批评家们深信自身绝对正确表示诧异。批评家被比作教皇,是因为梵蒂冈坚持教皇永无谬误论;1993 年,他发表长篇小说《互不相干》,里面出现了一个无比自恋的批评家,大名叫威利·安德烈·柯尼希(Willi André König)——柯尼希意为“国王”,绰号叫埃尔柯尼希(Erlkönig),意思是“魔王”;1998年,赖希-拉尼茨基主持的电视书评《文学四重奏》指责瓦尔泽写纳粹德国的小说《迸涌的流泉》没有出现奥斯维辛这个字眼,瓦尔泽随即做出反应:“每一个受其虐待的作家都可以对他说:赖希-拉尼茨基先生,就你我的关系而言,我才是犹太人。”(赖希-拉尼茨基恰恰是一个虎口脱险的犹太人)2002年,瓦尔泽发表长篇小说《批评家之死》,给赖希-拉尼茨基画了一幅惟妙惟肖、活灵活现的文学肖像,而且给他取了复姓埃尔-柯尼希即Ehrl-König,与Erlkönig即魔王谐音。

这里所说的魔王,是那个在北欧和德语地区家喻户晓的恐怖之王。据传说,在一个夜黑风高的夜晚,一个父亲抱着他生病的儿子在森林中骑马奔驰。途中出现一个隐形的魔王,对小孩进行言语诱骗,最后还对小孩伸出了魔爪。小孩看见了魔王,也听见魔王说话。他惊恐万状,不断向父亲报告、救助。父亲斥之为幻觉,但同时策马加鞭。赶到家时,父亲发现孩子已死在他的怀里。

魔王的传说源自丹麦。最早由赫尔德译成德文。1782年,歌德创作了叙事诗《魔王》。这首诗不仅脍炙人口、妇孺皆知,而且激发了音乐家们的灵感。包括贝多芬、舒伯特以及有“北德舒伯特”之称的卡尔·勒韦在内的作曲家纷纷为歌德的诗歌谱曲。最后,舒伯特谱写的艺术歌曲《魔王》(1815)脱颖而出,它和歌德的同名叙事诗一样成为不朽之歌,世代传唱。魔王的形象也常见于造型艺术。有多幅绘画,还有一尊雕像(矗立在毗邻魏玛的耶拿)。

对于作家,作品就是自己的孩子和亲生骨肉。因此,一个糟蹋文学作品的批评家,不叫埃尔-柯尼希还能叫什么。

但是瓦尔泽万万没想到的是,《批评家之死》引出了另一个魔王。时任《法兰克福汇报》文学部主任的文学批评家弗兰克·席尔马赫发表了一封公开信,把《批评家之死》斥为影射小说和反犹小说!赖希-拉尼茨基本人则套用歌德的名言,指责瓦尔泽的小说就一个念头:“打死他,这条狗,他是一个犹太人!”而歌德原话说的是:“打死他,这条狗,他是一个书评家。”这一回,瓦尔泽闯了大祸。

为什么要逃避政治?

文学家瓦尔泽,一生却与政治有不解之缘,还数度出现在政治的风头浪尖。早年的瓦尔泽,为社会民主党助过选(在联邦德国建国之后的头二十年里偏左的社民党一直是在野党),鉴定地反对过越战,还一度站在德国共产党一边(德共 1956 年被禁,1968 年改名重建),与德国共产党走得很近,甚至短暂访问过苏联,所以他被视为左派。从上个世纪七十年代末起,瓦尔泽公开反对德国分裂(认可两德分裂的现实是当时德国左派知识分子的共识),还与德国基督教社会联盟的议员过往甚密,所以逐渐被视为右派。

1998 年,获德国书业和平奖的瓦尔泽在德国的政治地标法兰克福保罗教堂发表答谢演讲,谈到德国历史问题时表示反对把奥斯维辛当“道德大棒”使用。为此,德国犹太协会主席布比斯指责他“精神纵火”。此言一出,立刻在德国媒体引起轩然大波。“瓦-布之争”变成一场蔓延全国的燎原大火。

2002 年,席尔马赫谴责《批评家之死》的公开信再度在媒体引发燎原大火。从普通读者到作家批评家、从学界精英到政界领袖,各界人士都卷入这场充满情绪的大讨论。这场持续一个夏天的媒体风波被称为“联邦德国文学史上的头号丑闻”。之所以说丑闻,一是因为这场辩论始于小说尚未问世之前,参与讨论的人多半不知道小说里面写了什么;二是因为小说出来之后众人发现,里面基本找不出什么可以支持反犹指控的文本依据。但是,后果却很严重。在一段时间里,不管瓦尔泽在德国什么地方公开亮相,都会常常遭遇抗议者。烦恼之中,他甚至考虑过是否需要移居奥地利。与此同时,英美国家中止了对瓦尔泽作品的翻译和出版。

这两次风波之后,瓦尔泽终于知道何为政治正确,也尝到了“政治正确专政”的厉害。他变得谨言慎行,常常如履薄冰,如临深渊。

为什么要逃避爱情?

瓦尔泽是一个永远处于恋爱之中的男人。他恋爱一生,恋爱不断。他也把自己的一桩桩情感经历变成了文学,创作了一本又一本别具一格的爱情小说。

有爱,就有各式的痛苦和烦恼。爱情带给瓦尔泽的最大痛苦和烦恼,在于爱的排他性。根据排他原则,你爱了一个,就不能爱另外一个。这是旁征博引的第十五章的核心话题。为了调侃和反驳排他原则,叙事者甚至搬出了阿多诺和基督教。阿多诺说:在奥斯维辛之后写诗是野蛮的。叙事者则说:用道德通缉用情不专是野蛮的。鉴于只许爱一个人和只许爱一个神的戒律如出一辙,鉴于欧洲的一夫一妻制度就是基督教文明的副产品,叙事者不得不问:现在宗教戒律有所松动,怎么约束人际关系的铁律却依然雷打不动?

2

瓦尔泽逃脱没有?

一方面,诸多迹象表明,瓦尔泽实现了胜利大逃亡。《逃之夭夭》开篇第一句话就是:“我的日子有点太美了。”这是叙事者对自身状态的总结和概括。这句话反复出现,如果说这部小说是一首歌,这句话就是一首副歌。叙事者的日子为何太美?因为他远离世界,远离尘嚣,因为他不再相信乌托邦,不再有执念,不再对任何事情刨根问底。他在自己的美丽而富足的小天地里悠哉游哉,常常听见自己念叨“做做梦就够了”或者“宛若浮云,远在天边”。他还把自己的生活比作“一座五星级酒店”。叙事者只想独善其身,不想被外界打扰,所以,每当从什么地方——譬如非洲——传来求助的呼声,他就赶紧把耳朵堵上。

这幅世外桃源图也可以视为瓦尔泽本人生活现状的写照。在过去的十五年里,他的生活美好、充实而且平静。他一如既往地在风光旖旎的博登湖畔生活、创作、锻炼,他的别墅永远面对湖光山色,永远面对着瑞士和阿尔卑斯山。他是富裕的,幸福的，也是多产的。他几乎一年出一本书（有人调侃说，这个世界天天在变，一年出一本书的瓦尔泽则是以不变应万变），而且保持了旺盛的人气。所以他不时地要离开他的博登湖畔，去不同的地方朗诵作品或者参加各类文化活动。其间他还三度来华访问。批评家们也不再讨伐他，他的宿敌也先后退出历史乃至人生的舞台：赖希-拉尼茨基死了（2013），席尔马赫也死了（2014）。他和政治也达成了和解。政治方面他说话不多，偶尔发话也很主流、很正面，譬如他呼吁保卫欧元，他对默克尔的难民政策表示赞赏，他还预言选择党将昙花一现，等等。政治不仅不再找他的茬，反倒暗中给他平反，并输送温暖。2007 年，权威的政治学杂志《西塞罗》公布了德国知识分子影响力排行榜，他在 500 个榜上有名的德国文化精英中间位居第二，仅落后于德裔罗马教皇本笃十六。2009 年 5 月，当瓦尔泽在魏玛王宫朗诵其新作《恋爱中的男人》的时候，联邦总统科勒还前往现场聆听。对于自身这种幸福状态，瓦尔泽曾用小说《童贞女之子》（2011）里面的一个老太太的话做了一个俏皮而精辟的概括："高寿，健康，保守，所以幸福。"

另一方面，从小说判断，瓦尔泽的幸福可能要打一点折扣。他和他的逃避对象之间还存在各式各样的纠缠，他和它们的关系可谓剪不断理还乱。

譬如,批评家死了,可他依然活着。叙事者在火车里请占他座位的人让座,对方纹丝不动。定睛一看,把他吓个半死:这是他的敌人,是那个曾经对他大加挞伐的、但已经死去的批评家。事实上,叙事者从未真正摆脱这个可怕的批评家,批评家始终像幽灵一样在他的生活中徘徊。批评家无名无姓,但是有各种各样的代称,如“全知者”“那个人”“副刊大咖”“全城最有名的思想家”,等等;叙事者也没有描写批评家的具体相貌,只是说“他周身挂满了敌人的头皮,就像一个凯旋归来的印第安人”,等等。由于有这个批评家的存在,他对上帝很有意见,所以他拒绝接受“我们的世界是众多可能的世界中最好的一个”这句圣哲名言。

再如,叙事者虽然远离了政治,但他一想起政治,就有些愤愤不平。我在政治上为什么老是出错、老是犯规?为什么有些人总能做到正确站位?看看冯 · 魏茨泽克家族:在纳粹时期,最重要的一个驻外使节和国务秘书来自他们家,到了联邦德国,他们家又出了一位最有良心、最有口碑的联邦总统。再看看托马斯 · 曼:1918 年之前他因为讽刺民主而走红,1918 年之后又因为讴歌民主走红。

再如,爱情和男女关系,叙事者同样是往事不堪回首。曾和他共度良宵的艾伦与他再度见面时把他当成某个费尔迪南,然后对费尔迪南的往事津津乐道；大学女讲师施派泽博士或者安娜玛丽把他当作“记事本中的一个日子”；华沙的玛格达莱娜和弗莱堡的亚历珊德娜无事不登三宝殿，而且过河拆桥；萍水相逢的莉泽与他在宾馆开怀痛饮，随后却倒地身亡；女作家莫妮卡异想天开，带他参观她涉及的旧爱墓地，等等。

最后需要指出的是，叙事者常常作为面壁者出现。他不仅面对一堵溜光的白墙，他还巴不得自己就是那堵溜光的白墙。但结果却是他的脑袋受到历历在目的清晰回忆的残酷折磨、轮番攻击。对于他，往事不堪回首，往事并不如烟。他很清楚自己的逃之夭夭是怎么一回事：“亲爱的对手，尊敬的敌人，你们掐指算算，看我现在已经离你们多远。我已逃之夭夭。但我未能逃避自己！还没有。会有这一天的。啊，乌托邦！你坚不可摧！”

3

要逃之夭夭，还有第三条道路。这就是反讽之路，荒诞之路。只有借助反讽和怪诞艺术，才能实现精神超越，才能与上述的乌托邦取得某种和解。这既是卡夫卡所指引的道路，也是瓦尔泽自己走出来的路。

瓦尔泽 1951 年从图宾根大学博士毕业。他的博士论文研究卡夫卡的叙事技巧，题目是《对一种形式的描述》。在德国，他属于最早一批以卡夫卡为研究课题的博士生。然而，卡夫卡不仅是瓦尔泽的研究对象，而且变成了他的艺术先师。从他的文学实践看，他得到了卡夫卡的真传，因为他擅长反讽和怪诞艺术。而且越到晚年，他的艺术就越是反讽，越是怪诞。《逃之夭夭》更是一部反讽和怪诞艺术的杰作。这部小说充满变形、夸张和大胆的想象，所以字里行间常常亦真亦幻，神神鬼鬼。以下片段可以为证。

作家和批评家是什么关系？作家坐在椅子上读报，读到批评家对自己的恶评的时候，他的身子悄然缩短一截，原本放在地上的双脚只能在空中打转。相应地，批评家写完恶评之后身体立刻大了一圈，需要穿大一号的西服。但是当作家跑到美国、从而逃出批评家的势力范围之后，作家又恢复了原先的身高，批评家的身形则明显缩小。毫无疑问，作家和批评家是此消彼长的关系。

批评家能把作家吓成什么样？《逃之夭夭》的叙事者策划了一个题为《孤独，一项欧洲的发明》的展览。临近开幕的时候，他变得忧心忡忡，因为他担心开幕式将变成早已摩拳擦掌的批评家们的狂欢节。于是，就像《变形记》里的格里高尔 · 萨姆沙一觉醒来变成了一只仰躺在床、蹬着无数细毛腿的巨型爬虫，《逃之夭夭》的叙事者在展览开幕的前一天一觉醒来的时候发现自己陷入了让他无法动弹的四边形状态。换言之，批评家可以把作家吓瘫。

作家又如何对付批评家？午夜时分，一个名叫威廉玛的卡夫卡妹妹出现在忧心忡忡的策展人的办公室。她拉着他去找那个可怕的批评家，在批评家门口揌响了门铃。他向批评家介绍威廉玛，刚愎自用的批评家看不见威廉玛，也不相信有有一个叫威廉玛的卡夫卡妹妹的存在，所以站在门口滔滔不绝、自说自话。最后，批评家因为长时间地站在露天说话而感冒，所以未能出席展览的开幕式。就是说，作家可以凭发达的想象力打败批评家。这一回，批评家倒有点像卡夫卡的《乡村医生》的主人公。

政治正确对人可以产生什么效果？一方面可以产生类似手术的效果，因为叙事者说他的体内被莫名其妙地植入了观察者，被莫名其妙地装上了监控探头；另一方面，它可以把普通人变成苏格拉底，因为有一个内在的声音在随时警告叙事者不可以做什么。

发明了“非理性”这一概念的“理性总管”是什么人？他有满满的自信，有强烈的自我意识，说话总是粗声大气，走路总是昂首阔步。他的精神状态类似《批评家之死》里面那位因为“长期直立行走”而“落得骶骨疼痛”的韦森东克教授。我们生活在一个高举启蒙和理性大旗的时代。

爱有多重要？叙事者应邀到大学讲堂做题为“语音学要义”的讲座。被主持人请上讲台后发现自己把讲稿忘在了家里。折腾一圈后，他说其实不用讲稿，因为语音学要义就一句话：只有一个声音值得我们讲授，这就是“爱”。

旧爱如何纪念？一位写情色小说出名的女作家，在自家花园建造了一个露德圣母洞，然后以圣母洞为中心建造了一个扇形旧爱墓园。墓园由一个个扇形排列的花圃组成，一个花圃里面种一种花，一个花圃代表一个昔日的情人，情人的名牌则挂在矗立在花圃前面的竹竿上面，竹竿则象征十字架，长眠在此的旧爱们正对着圣母洞时时敬拜……让圣洁和情色、玩笑与正经、诗意和恐怖如此水乳交融的景观在艺术中绝无仅有。如果有做装置艺术的读者，也许可以借助这一灵感参加五年一次的卡塞尔文献展。

薄薄一本《逃之夭夭》，类似的精彩篇章却是不胜枚举。

4

读着这本小说，我们自然要浮想联翩、问题连串：这说的是什么人、什么事？这应作何理解？自己猜吧，你想怎么理解就怎么理解。瓦老笑而不答。瓦老喜欢在雄辩中保持沉默，他还是公认的当代文学君主，完全有资格顾左右而言他。

逃之夭夭，是一种令人好奇、也令人景仰的文学不及物状态。

避而不谈，抑或逃之夭夭。

黄燎宇

2019 年 6 月 3 日

图书在版编目(CIP)数据

逃之夭夭/(德)马丁·瓦尔泽著;黄燎宇译.—杭州:浙江文艺出版社,2019.9
ISBN 978-7-5339-5774-2

Ⅰ.①逃… Ⅱ.①马… ②黄… Ⅲ.①长篇小说—德国—现代 Ⅳ.①I516.45

中国版本图书馆CIP数据核字(2019)第164005号

统　　筹:曹元勇
责任编辑:王丽荣
封面设计:周伟伟
责任印制:吴春娟

逃之夭夭
[德]马丁·瓦尔泽　著
黄燎宇　译

出版:浙江文艺出版社
地址:杭州市体育场路347号　邮编:310006
网址:www.zjwycbs.cn
经销:浙江省新华书店集团有限公司
印刷:上海中华商务联合印刷有限公司
开本:880毫米×1230毫米　1/32
字数:100千字
印张:5.875
插页:4
版次:2019年9月第1版
印次:2019年9月第1次印刷
书号:ISBN 978-7-5339-5774-2
定价:39.00元(精装)